しあわせについて

戦火の中のたちばな

杉野 六左衛門
SUGINO ROKUZAEMON

幻冬舎 MC

しあわせについて

―戦火の中のたちばな―

目次

プロローグ

「真由美《まゆみ》」

朧《おぼろ》な光の中で母が呼んでいる。

「真由美、真由美」

母はいつまでも、何度も私を呼び続ける。

「真由美」

声が少し尖ってきた。声はするのに姿が見えない、母はどこにいるんだろう。

「真由美、早く起きなさい、もう六時五十五分よ」

五十五分？　そんな馬鹿な！　慌てて起き上がると、枕元の目覚まし時計の長針は五十五分をさしていて、短針は限りなく七に近かった。

「なんで早く起こしてくれないのよ」

「何言ってるの、目覚まし止めたのは自分でしょ」

階段の下から母が怒鳴り返す。朧だった記憶がいっぺんに鮮やかになった。あと五分、と思って目覚ましを止めてから二十五分も経っているなんて……。今日は七時半から合唱部の練習で、しかも〝鬼のカズちゃん〟と呼ばれている鬼塚《おにづか》先生が指揮する全体練習からスタートだ。もし遅刻したら……。暑い八月の朝の空気がたちまち冷え冷えとした。

四分で洗顔、八分で着替えて髪を整え、三分で冷え切ったトーストを何もつけずに牛乳で流し込む。籠に盛られたゆで卵が魅力的だが、殻を剥いている時間はない。学校まで自転車で十五分、自転車置き場から部室まで四分、先生を迎える準備に一分。これでなんとか間に合う。

鞄を持って立ち上がった私に、

「真由美、仏壇にご飯を上げて」

このタイミングで……。鬼のような母に恨みごとを言いかけて、でもご飯を上げるのは私の役目だから、と諦めた。ご飯が丸く盛られたご飯入れを仏壇にそなえて、おりんを鳴らす。

仏壇の上には四人の写真が飾られている。祖父の栄二《えいじ》じいちゃんと祖母の朋《とも》ばあちゃん。それに、朋ばあちゃんの両親で、私は会ったことのない私の曾祖父母。ばあちゃんは私が十歳の時に亡くなった。栄二じいちゃんが始めた小さな印刷屋は、朝から夜おそくまで輪転機が回っていて、父が始めたＷｅｂデザインのパートさんもいて、家族はみんな忙しくて、私と姉ちゃんはばあちゃんに育てられた。八歳上の姉ちゃんは私のことには無関心だったから、ばあちゃんが育ての親だった。

おむつを替えてくれたのも、ご飯を食べさせてくれたのもばあちゃんだった。お風呂には一緒に入ったし、八歳まで同じ部屋で寝ていた。母よりも父よりも、誰よりも好きなのは、朋ばあちゃんだった。

大正十五年生まれで、私には曾祖母に近い年だったが、父も私も末っ子だったから、間違いなく私の祖母だ。八十を過ぎても綺麗で、若々しくて、優しくて、私は大好きだった。だから、じいちゃんには少し申し訳ないけれども、ばあちゃんの写真に向かって、

「行ってきます」

と心の中で挨拶をした。

写真のばあちゃんは笑っている。柔らかい笑顔だ。包み込むような、抱きしめてくれるような、温かな笑顔。それは、ばあちゃんの笑顔の中にヤッチンやミサちゃんやシズちゃんたちの笑顔があるから。

ばあちゃんは昭和二十一年に長崎県立長崎高等女学校の専攻科を卒業した。その専攻科でヤッチンたちと出会った。この話は少し長くなるが、どうしても話しておきたい。トモちゃんと呼ばれた「朋」ばあちゃんとヤッチンたちの物語だ。

一年生

想像もできない昔になってしまったが、朋が長崎県立長崎高等女学校の専攻科に進学したのは昭和十八年の四月だった。

朋の父親は、三菱の長崎造船所の下請け工場で経理係長をやっていた。父も母も生まれは福岡で、父はそこの商業学校を出たあと、ツテを頼ってその会社に入れてもらったという話だった。一人娘の朋が将来、身寄りのない長崎で暮らしていけるように教師にしたかったらしい。専攻科を卒業すると、無試験で中等学校の家政の教師になれたのだ。だから、市立の高等女学校を終えると県立女学校の専攻科に進学させた。

長崎県立長崎高等女学校を市内の人々は「県女《けんじょ》」と呼び、長崎市立高等女学校の方を「市女《いちじょ》」と呼んだ。十二歳から入学できる女学校の本科は、長崎県では四年制で、そのあとに三年制の県女の専攻科へ進学できた。朋が入学したときの専攻科は、第一部（家事）

と第二部（裁縫）の二クラスで、合計五十人前後が定員だった。

父に進学の話を出されたとき、朋は少々考えたが、市女を卒業しても時節柄どこかの工場の女工くらいしか進路がなかったし、何よりも専攻科の制服に憧《あこが》れがあったので、教師になるかは別にして、結局父の言葉に従うことにした。専攻科の制服は、子供っぽいセーラー服ではなく、スマートなワンピースドレスで、胸元の徽章《きしょう》は金色でふちどられていて、本科生の銀色より格段にオシャレだった。その制服を着て、その徽章を付けた自分を思うと心が浮き立った。

だから、進学希望を出してからは、今までにないほどに夜遅くまで勉強をした。それでも、合格できる自信がまったく持てずに、入学試験のあと発表の日までを鬱々《うつうつ》として過ごした。しかし、無事に第一部家事に合格することができた。このころは、男性教師が戦争に取られて教員数が足りず、定員を増やしていたし、選考条件も緩かったらしい。だから合格できた、というわけでもないが、朋は四月から専攻科の制服を着ることができることになった。

初登校で入学式の日は、胸がはずんで何もかもが新鮮だった。諏訪《すわ》神社の停留所から登る坂道が嬉しかったし、白く塗られたゴシック様式鉄筋四階建ての本校舎は、朝陽をうけて白亜《はくあ》のように光っていた。金毘羅山《こんぴらさん》の裾に立つ学校は、どことなく森の香りがして、海寄りの市女とは匂いから違い、玄関前の蘇鉄《そてつ》の木はエキゾチックに立っていた。

しかし、入学式のあとのホームルームが始まったとたん孤独感が押し寄せてきた。朋のクラスは三十一人だったが、その中に市女の出身者は朋一人だけで、周囲は知らない人ばかりだった。クラスのほとんどは県女からの進学者で、他校出の見知らぬ朋は興味の的になっていた。圧倒的多数の、興味津々の視線を感じながら、覚悟はしていたつもりでも、身のすくむ思いがした。中には、高等小学校出の、どこから見ても十八歳の貫禄のある娘《こ》もいて、なおさら委縮してしまった。だから、お昼の弁当を一人で食べ終わると、借りてきた猫の気持ちをしみじみと噛みしめながら自分の机に座っていた。

その朋の前に、一人の少女が立った。

「貴女《あなた》、市女からきた栗山さんね、私は岩代八千代《いわしろやちよ》。みんなはヤッチンって呼んでいるわ。よろしくね」

級長として紹介された生徒だった。真剣さといたずらっぽさが同居しているような、よく光る眼が笑いかけていた。

「よろしくお願いします」

「貴女《あなた》、歌は好き？」

唐突な質問に戸惑いながらも、

「はい、好きです」

「それはよかったわ。ねえ、合唱部に入らない？」

「合唱部ですか？」

「そう。本科生は音楽部までだけど、専攻科になると合唱部に入れるのよ」

「でも、私、合唱なんてしたことがないですし」

よく光る目は朋を離れることなく、

「大丈夫よ、合唱部に入る人はたいがいそうだから」

「でも、私、楽譜も読めないし」

「楽譜なんて読めなくても大丈夫よ、だからいいでしょ。放課後に部の見学ができるの。一緒に見に行こう！」

「はい……」

「じゃ、授業が終わったらここで待っていて、迎えに来るわ」

ヤッチンと名乗った娘の声音はやさしかったが、どこか有無を言わさない気迫があって、借りてきた猫は断ることができなかった。

放課後、合唱部が練習場にしている講堂に連れて行かれると、ステージの上では文部省唱歌の『冬景色』を稽古しているところだった。

『さ霧《ぎり》きゆる港江《みなとえ》の　舟《ふね》に白《しろ》し朝《あさ》の霜《しも》　……』

小学校以来、聞き慣れて、歌いなれた歌なのに、それは今まで一度も聞いたことのない『冬景色』だった。静かに始まった歌は、冬の早朝の冷たく澄んだ空気をただよわせていた。聴きなじんでいるソプラノの旋律をメゾ・ソプラノがふくらみをもたせ、アルトが二つを底支えている。三つの歌声の調和がこんなに美しいとは……。初めて本式な女声三部合唱を聴いた朋には全く新しい世界だった。二番に入ると小春日の和《なご》やかな暖かさが、三番では夕暮れの時雨の心細さが歌われて、合唱の美しさに胸が震えた。

指揮棒を持った先生は手を下ろすと、

「うん、だいぶ良くなってきたけれど、まだ情感が足りないな。力を入れるところと、そうでないところのメリハリをはっきりとさせてくれないかな」

これでまだダメとは……。朋はもう一度びっくりした。

朋たちを見つけた部長の生徒がステージを降りてきた。

「こんにちは岩代さん、きょうは部活の見学?」

「はい」

部長は目で朋を示しながら、

「この娘《こ》は?」

「こんど市女から進学してきた栗山朋さんです」

「それで見学に連れてきたの?」

「はい」

「栗山さん、合唱部は気に入った?」

「はい、素晴らしかったです。感激しました」

「じゃあ入部してくれるわね」

「でも、わたしには難しそうです」

「大丈夫よ、みんなそう思って入ってくるんだから。音楽の経験は?」

「ありません」

「でも、音楽の授業は取ったんでしょ」

部長は朋をガッチリと捕まえて、放してくれそうにない。

「はい」

「なら大丈夫よ」

「でも、楽譜も読めませんし」

「そんなの構わないわ、大丈夫よ」

「はい……」

「じゃあ、あした入部願いを持ってきてね」

「はぁ……」

朋は、なんだか上手に丸め込まれたような気がした。

翌日、入部願いを持って講堂へ行くと、入部希望の一年生が六人集まっていた。朋には初めての娘《こ》もいたので、ヤッチンが一人ひとり紹介してくれた。同じクラスのシノちゃん（木里忍《きのさとしのぶ》）、シズちゃん（井田静《いだしずか》）とは初めて言葉をかわした。第二部のミサちゃん（酒《さか》井操《いみさお》）、チエちゃん（金内智恵子《かねうちちえこ》）、マコちゃん（諸橋真琴《もろはしまこと》）とは初顔合わせだった。六人とも県女出身で、ヤッチンとミサちゃん、シノちゃん、チエちゃんは音楽部からの繰り上がりの入部だと言うから、朋はここでも肩身の狭い思いがした。そして、何より、彼女たちになじめるか不安に思った。

朋は紹介された一人ひとりに「よろしくお願いいたします」と頭を下げ、ヤッチンが朋の愛称を「トモちゃん」と決めてくれた。それがヤッチンたち六人への仲間入りの出発だった。

先生を前にした簡単なオーディションがあって、パートが決められた。朋はアルトだった。ヤッチンとマコちゃんがソプラノ、チエちゃん、シズちゃんがメゾ・ソプラノ、もう一人のアルトがミサちゃんで、シノちゃんはピアノ兼ソプラノに決まった。

「アルトって何？」

朋は隣のミサちゃんに小さな声で聞いてみた。

「低い声で全体の土台を作るパートよ。ソプラノがだいたいは主旋律で、メゾ・ソプラノはソプラノとは少しちがう音でソプラノとハーモニーをつくるの」

「じゃあアルトは主旋律を歌えないのね」

「めったに歌わないわね」

朋は少しガッカリしたが、〝緊張しい〟の自分に主役のソプラノは無理、と思った。

ミサちゃんには、いろいろ教えてもらった。ヤッチンは寺町《てらまち》の八幡神社《はちまんじんじゃ》の神主の娘、シズちゃんはキリスト教の牧師の娘、シノちゃんは木里材木店のお嬢さんで、マコちゃんは一家中が警察官、チエちゃんはお母さんと二人暮らしなのだそうだ。ミサちゃん自身は寄宿舎住まいで、家は彼杵《そのぎ》の農家だが、クラスに農家の娘は他にいないから肩身が狭いと言った。薙刀《なぎなた》は三段、弓は二段と聞いて、体育が苦手な朋はちょっと気圧《けお》された。

合唱の基礎練習が、立つことから始まった。足は肩幅にひらき、上半身は楽に、下半身にちからを入れてドッシリと立ちながら、手はかるく体の横に垂らす。立っていると時々、上級生が後ろからこっそりと押してきた。押されてヨロケるとダメが出る。次に、腹式呼吸の練習、発声練習、高音域の練習……。いつまで経っても歌は歌わせてもらえない。

いつもは一年生を指導する二年生が、今年は軍需工場へ勤労動員に出ていて留守だから、特別に三年生が指導をするという。

「スタッカートは腹筋を使って一音一音を切る。口だけで切らない」

「フェルマータは最後まで音程を保って伸ばす」

「発音は、はっきりと。鼻濁音の『が』はもっとやさしく」

三年生にもなると、一年生のころの記憶は遥《はる》かな昔になっていて、素人への指導は容赦がない。

歌唱の指導は佐々木《ささき》先生が行う。

「十二小節から入ってくるメッゾは、もう少し小さく、レガートで」

と先生が指示した。

「メッゾってなに？」

朋は隣に立っているミサちゃんに聞いてみた。

「メゾ（mezzo）・ソプラノのことよ。イタリア語の正しい発音だとメッゾなんだって先生が言ってた。メッゾなんて言ったって、ほかの人には通じないわよね。だいたい、先生は自分の世界に閉じこもって出てこない人だから。もっともこれは、部長のサエさんの寸評だけど」

佐々木先生の指導は「テヌート（音を保って）」「アニマート（生き生きと）」「レッジェーロ（軽く優美に）」と初めて聞く外国語の連続だった。このころ街中で外国語を話していると「非国民」と非難されたから、堂々と外国語を使っていて大丈夫なのか心配で、また隣のミサちゃんに聞いてみると、先生が言うには音楽用語のほとんどはイタリア語で、イタリアは日本の同盟国だからその言葉を使うのは問題ない、という話だった。

佐々木先生は四十四、五歳くらいだろうか。ノッポで、気の毒なくらい痩せていて、キリギリスを思わせた。佐々木左馬助《さまのすけ》という強そうな名前とは裏腹に、これでは徴兵検査は丙種《へいしゅ》だったろう。目は柔和だが、自分の意見は変えない頑固そうな力があった。

副顧問の福村昭子《ふくむらあきこ》先生は「昭子先生」と呼ばれていた。県女の専攻科を出て七年目ということだから、二十五歳だろうか。少々背が低いが、美人といってよかった。それも、満開の牡丹が笑みくずれているような、温かみのある美人だった。昭子先生は歌唱の指導はあまりやらず、もっぱら部の事務的な運営を指導しているらしかった。逆に言えば、佐々木先生は歌唱指導以外はズボラといったところだった。

学校生活の多くが戦争の色に染まり、部活動も多くが廃部か休部になってしまっていた。特に文化系はいち早く処分された。体育系はそうしたことは少なかったが、コートや弓場を野菜畑にされたテニス部、弓道部は休部状態だった。音楽部や合唱部は、音感を育てられる、という理由で存続がゆるされていたし、音楽の授業も減らされることがなかった。音感がいいと音で敵機の機種を判別できたりして、戦争に役立つからだった。

部長の佐伯《さえき》さんはサエさんと呼ばれていたが、三年生は特別な愛称で呼ばれている。副部長の杉原《すぎはら》さんはスギさん、アルトのリーダーの大原《おおはら》さんはオオさん。ピアノの大友《おおとも》さんはトモさんだったが、この愛称が呼ばれるたびに朋は自分のことか、とドキッとした。だから、ある日の帰り道で朋は聞いてみた。

「どうして三年生は苗字の二文字で呼ばれるの？」

「ああ、あれは合唱部の伝統なの。三年生に特別の敬意をはらうためのね」

とヤッチンが教えてくれた。

「そうすると、私たちが三年生になったら、私はクリさんで、シズちゃんはイダさんのままで、ヤッチンはイワさんになるのね」

「まぁ、イワさんなんて、四谷怪談のお岩《いわ》さんみたいで嫌だわ。私たちが三年生になったら苗字の二文字はやめて、名前の二文字にしたいの。いま私たちが呼び合っているように、シズちゃんやトモちゃんてね！」

「自分の呼ばれ方が変だから変えるの？」

「名前の方が親しみがあっていいじゃない。トモちゃんもそう思わない？」

「そう言われれば、名前の方がいいわね」

「じゃ、ヤッチンはヤッちゃんと呼べばいいの？」

話に加わったシズちゃんの質問に、

「ううん、私はずーっとヤッチンと呼んでもらうの」

「そうね、ヤッチンをヤッチン以外の名前で呼ぶなんて全然考えられないものね」

シノちゃんの言葉に、みんながうなずき合ったあとで、シズちゃんが、

「でも、ヤッチンはどうしてヤッチンって呼ばれているの？」

「それはね」

ヤッチンとは幼馴染のシノちゃんが、シズちゃんに笑いかけながら、

「ヤッチンが可愛かったからなの。ヤッチンがまだ小さくて、言葉を話し始めたころに、自分のことを『ヤッチン』て呼んだんですって。本当は『ヤチヨちゃんがね』って言いたかったんだけれど、上手に言えなくて『ヤッチンがね』になっちゃって、それがあんまり可愛かったから周りの人がヤッチンと呼ぶようになったの」

「ふーん、ヤッチンは可愛かったんだ」

シズちゃんのつぶやきにヤッチンは、

「いまでも可愛いけどね」

笑いの渦がおきた。こんな、たわいもない話をして笑いながら歩いていると、朋は彼女

たちの仲間に入れてもらえたことを、しみじみと感じるのだった。

この時期の合唱部の目標は、六月に行われる演奏会『夕《ゆう》べ』だった。『夕べ』は正式には『たちばなの夕べ』という名前だったが、部員たちは短く『夕べ』と呼んでいた。〝たちばな〟は県女のシンボルで、校章は橘《たちばな》の実をあしらったものだし、校歌にも歌われている。だから、合唱部の演奏会も『たちばなの夕べ』と名付けたのだ。『夕べ』は一般市民も集めて有料で行われた。入場料の大半は劇場の借用料になったが、残りは新しい楽譜や譜面台などの購入費用になり、部の活動費を得るのがこの演奏会の目的の一つでもあった。

基礎練習が二週間ほど過ぎたころに、やっと一年生も『夕べ』のためのパート練習に参加できることになった。練習には楽譜がいる。それは先輩のものを借りて一人ひとりが手で書き写すのだった。演目の候補が十曲ほど選ばれていて、一日一、二曲を借りては夜の間に書き写し、翌日に返す。

写譜には、まず五線紙から手作りしなければならない。市販の五線紙は高価だったし、このころは手に入れにくくなっていた。夕食後に宿題と予習を整えたあと、襲ってくる睡魔と闘いながら、定規を使って五本の平行線を引き、オタマジャクシを一つ一つ写すのは辛い。しかも、アルトの場合は、旋律の動きが分かるようにメロディーパートも写さなければならない。しかし、写譜を続けていると、自然と楽譜が読めるようになってきた。「楽譜なんて読めなくても構わないわよ」と言っていたのは、こういうことか、と納得してしまった。

『夕べ』には毎年、新曲を入れるのが恒例になっていた。最近は軍歌のような勇ましいものばかりで、『夕べ』にふさわしい曲がなかったが、ようやく服部良一《はっとりりょういち》の『懐かしのボレロ』に決まった。この楽譜も一年生が上級生の分まで写譜しなければならない。朋の夜なべ仕事はなかなか終わりそうになかった。

そして、ようやく一年生も全体練習に加われる日がきた。朋には合唱部での初舞台になる。みんなの中で歌うのが嬉しいような、恥ずかしいような、怖いような、落ち着かない気持ちがした。怖いような気持ちをなだめながら練習場の講堂に行くと、集まった中にチエちゃんだけがいなかった。

「チエちゃん、今日は休みなの？」

「チエちゃんは町内会の配給の仕事で早退したの」

と朋の質問にヤッチンが教えてくれた。

「チエちゃんが町内会の仕事をしているの？」

「チエちゃんはお父さんが亡くなっていて、お母さんと二人きりなのよ。お母さんは時々夜勤もあるから、チエちゃんが家の仕事や、町内会の仕事をやらないといけないときがあるの」

「へぇーそうなの。お父さんが亡くなったって、戦争で？」

「ううん、胸の病気だったんだって。チエちゃんが三歳のときって言っていたわ」

「へぇー、そうなの」

「たった一人のお兄さんは、海軍で戦闘機に乗っているんだって。それも、チエちゃんを女学校に入れたくて飛行機乗りになったって言っていたわ」

「へぇー、そうなの」

チエちゃんがそんな苦労をしているなんて知らなかった。朋はヤッチンが話してくれる一つ一つに驚いて、ただ「へぇー、そうなの」しか言えなかった。チエちゃんはそんな苦労をしながら頑張っているのに、初めての全体練習で怖いような気持ちになり、何も苦労をしていない自分が恥ずかしかった。

たしかに朋は苦労をしていなかったと思う。家は裕福ではなかったが生活には困らなかったし、女学校にも行かせてもらえたし、父は徴兵の年齢を過ぎていたから兵隊に取られる心配はなかったし、家族は全員健康だったし。

ただ、以前に母が国防婦人会のひとに「お宅は娘さん一人なのですか？　男の子供を作ってお国に奉公しなくていいのですか？」と言われて、「大きなお世話よ」と怒っていたのを横で聞いた時から「男の兄弟の分まで私が頑張らなければ」と思っていることが、苦労と言えば苦労だった。

朋には、合唱の何もかもが新しい経験だった。ある日、武田宇作《たけだうさく》の合唱曲『秋のさゝやき』を練習した。最近は取り上げられることが少なく、二、三年生も自信がある曲ではない。だから、みんなが恐る恐るで歌が合わない、と朋は感じながら歌っていたが、佐々木先生は途中で止めると、

「君たちはこの曲にどんな色を想い描いて歌っているのかな？」

「色ですか？」

サエさんが先生に聞き返した。

「歌いながら色を想い浮かべられる曲があるだろう。『冬景色』の一番なら冬の早朝の霜を思い出す白だ。小春日和の温かい白でも、時雨の寒々しい白でもなく、ここは霜の淡い白でなければならない。この『秋のさゝやき』では何色がこころに浮かぶ?」

「歌詞に『大空を流れゆく黄《き》ばめる陽ざし』とありますから、晴れた秋の日の、午後の陽ざしの黄色でしょうか」

　サエさんが自信無げに答えると、

「午後でも早い時間だと透明にちかい黄色だし、夕方だと夕焼けの赤の混じった黄色になる。いつの黄色だ?」

「午後三時を過ぎた、少しだけ赤味のかかった黄色だと思います」

「あぁ、そう。でも君たちの歌は、一人ひとりがいろいろな色で歌うから色が混じって全体が黒っぽく聞こえる。それじゃ、午後三時過ぎの、少し赤味のかかった黄色でもう一回歌ってみよう」

　今度は歌の情景がはっきり目に浮かんで、歌が揃った。朋は音楽が出来上がっていく様子を初めて経験した。

ある日の練習のこと、佐々木先生は指揮棒を下ろすと、

「井田、お前の声は張りがあっていい。けれど、お前の声しか聞こえてこない。全体のバランスを考えてもう少し声を落としてくれ」

シズちゃんは赤くなりながら「はい」と答えた。

「それから諸橋、自信の無さが聴き手に伝わってくる。少しくらい音が外れても構わないから堂々と歌え」

マコちゃんも真っ赤になりながら、小さな声で「はい」と答えた。

朋も何か言われるか、と首をすくめたが、先生は何も言わずに次の曲に移っていった。なんだか自分だけ相手にされなかったようで、少し寂しかった。

また、ある日、先生は、

「終わりの六小節からアルトは、もっと大きくディミヌエンド（徐々に弱く）して。もっと大きく」

と言った。練習のあとでミサちゃんは、

「何でアルトだけ大きくなのよ」

と少々納得できない口ぶりだったが、ヤッチンは、

「そうすると、アルトに続くメゾが少し早くディミヌエンドできるでしょ。それであとに残ったソプラノがゆっくり静かに終えられる。だから、アルトには大きくして欲しいんじゃないの」

「そういうことか」

横で聞いていた朋は、

（なんて高度な話なんだろう。自分も早く彼女たちと同じくらいに成長したい）

と思った。

しかし、音楽初心者の朋にとって、合唱は手ごわかった。時々、楽譜の戻り記号を間違えて別の小節を歌ったり、微妙にズレた音を響かせてしまったりした。微妙にズレたアルトが聞こえてくると、佐々木先生は眉根をよせてアルトパートを睨むのだった。マコちゃんには少しくらいズレてもいい、と言っていながら。

そうした時は、みんなに助けてもらって、正しい音を確かめたり、戻り先を教えてもらっていたが、それが度重なると自分がお荷物になっているように思えて、だんだん自信が無くなってきた。シズちゃんやマコちゃんは、ちゃんとみんなに付いて行けているのに……。だから、シズちゃんとマコちゃんとの新人三人組が一緒になった帰り道でシズちゃんに聞いてみた。

「ヤッチンは、どうして私を合唱部に誘ったんだろう？」

「えっ、それはどういうこと？」

シズちゃんが少し驚いた顔付きで聞き返した。

「みんなにいろいろ教えてもらったり、迷惑をかけているから、ヤッチンは私を誘ったことを後悔しているんじゃないのかなぁ」

「そんなこと無いわよ。私もマコちゃんも、いろいろ教えてもらったり、直してもらっているもの。教えてもらっても、誰も迷惑だなんて思ってないわよ。みんなで助け合って成長していけるって楽しいじゃない。ヤッチンも同じに思っているはずよ」

「そうかなぁ」

「そうよ。そもそもヤッチンはね、みんなを誘っていたの。専攻科への進学が決まった人全員に『合唱部に入ろう』って声を掛けていた、だからトモちゃんにも声をかけたのよ」

「誰でもよかったのか……」

朋はなんだか少し気落ちした。

「そう、来てくれるなら誰でもよかったの。彼女は、来てくれる人なら誰でも一緒にやっていこう、というひとだから。そして、誘った人を後悔するようなひとじゃないから。ヤッチンはね、昔から人をまとめるのが上手かった。本科の一年生からずっと級長で、専攻科でも級長で、この分だと卒業するまで級長なんだろうけど、みんなをまとめて、引っ張っていく才能みたいなものがあるのよ。

私、三年生のときにヤッチンと同じクラスだったんだけど、私はキリスト教の牧師の娘で、ヤッチンは神社の神主の娘で、何かと比べられて嫌だったな。それぞれの宗教の代表選手のように見られて。教会は白い目で見られている上に、いつも負けていて……。でも彼女に勝てる人なんて、どこにもいないけどね」

「勉強もできるの？」

「勉強は中の上くらいかな。成績じゃなくて人間的に彼女には勝てない。彼女より成績がいい人は沢山いるわ。でも、その成績は彼女がせっかちだからなの。試験なんて、問題を最後まで読まずに答えを書きだすんだから。初めの方だけ読んで分かった気になって、終わりまで読むのが面倒だし、それに落第しない程度に点数が取れていれば充分なんだって。よく言えば、おおらかだけど、悪く言えば大雑把よね。

彼女にもいろいろ欠点があるわ。でも、ヤッチンは人を大切にするからいいのよ、みんながついていくのよ。ヤッチンはね、人がみんなしあわせになることを望んでいるの。みんな、みんな、しあわせになれたらいいのにって本気で思っている。ちょっと信じられないでしょ。でも本気なのよ。『萬《よろず》の民《たみ》に幸多《さちおお》かれ』って心底思っている。両親は学校の先生だし、家は神社だし、そうした環境で育つとあんな風に出来た娘《こ》になるのかな」

そう言うと、シズちゃんは遠いところを見るような目をして黙った。

「でも、シズちゃんも牧師先生の娘でしょ」

「そう、牧師の娘なのに、いつまで経っても自己中心で、我が儘で、出来てなくて、ヤッチンとは大違い……。ところで、トモちゃんは優等生だったでしょう」

「全然違うわよ」

「市女から専攻科に入ってくるんだから、優等生だったのよ。優等生で、失敗がなくって。だから、少し歌で躓《つまず》いたくらいでクヨクヨしていたんじゃないの」

「体育が苦手で、いろいろ躓いているわ」

「トモちゃんは合唱に少し躓いたみたいだけど、でも、部を辞めようとは思わないでしょ」

シズちゃんは朋の顔を覗き込みながら真剣な顔で聞いた。

「辞めないわ、みんなと一緒にやっていきたい。部に入ってよかったと思っているから」

朋が力を込めて言うと、

「私もよかったと思っているの」

とマコちゃんがポツリと言った。

「マコちゃんも？」

「ええ。私は一家中が警察官で、みんなに嫌われているから。ヤッチンに誘ってもらったときは嬉しかった。みんなと一緒に歌えて楽しいわ」

この当時は、戦時下でいろいろ決まりが厳しくなり、それを諸事容赦なく取り締まる警察は人々から嫌われていたのだ。マコちゃんはそれを苦にしていたが、マコちゃんの話を聞いてシズちゃんは「あははは」と大きく笑いながら、

「マコちゃん何言ってるのよ、考え過ぎだって。あなたを嫌っている人なんていないわよ。もっと自信をもっていいのに」

なかば非国民あつかいの牧師の娘、みんなに敬遠されている警察官の娘、そして新参者の自分。どうやらヤッチンは〝あまされ者〟ばかりを集めたようだ、と朋は思った。

県女での生活も一カ月が過ぎようとして、朋は新しい生活にすっかり慣れたように思った。市女を卒業するときには、これからどうなるだろうか、と不安が大きかったが、合唱部には早々に馴染めたし、今はクラスの級友とも自然に話せて、昼休みには机を寄せ合って一緒に弁当を食べる仲にもなれた。借りてきた猫は卒業できたらしい。これというのも、ヤッチンがなかば強引に、合唱部やクラスの中に引っ張り込んでくれたおかげだと思う。自分一人ではこんなに早く、自然にみんなに溶け込むことはできなかったにちがいない。

勉強はさすがに難しくなった。卒業と同時に中等学校家政の教師免状を与えられるということは、それなりの知識と技術を身につけないといけない、ということだ。教育心理学や教育管理法といった、初めて名前を聞く科目が出てきたし、衣服、食物、住居といった家政は特に実技・実習が重視されるようになった。

中でも、家事の松田《まつだ》ナオ教諭は心から料理作りを愛し、実技を重んじていた。でっぷりと太った体と、つややかな頬の輝きは、彼女が愛してやまない数々の料理たちが与えたものだった。だから柔和な笑顔に、真摯《しんし》な愛情を込めて、料理の素晴らしさを生徒に教えようとし、彼女たちがその愛情を、やがて現れるであろう伴侶《はんりょ》や子供たちに分かつことを、心から望んでいた。

松田先生の信念では、料理は何よりも美味しくなければならない。そのためには、しっかりと出汁《だし》を取り、丁寧にアクを取り除いて雑味《ざつみ》をなくし、調味料を塩梅《あんばい》良く加えなければならない。醤油を目分量で回し掛けるなど、もってのほかだ。食材の香りも大切にしなければならない。食品の香りは長く熱すると失われがちである。味噌汁は長く煮ないようにし、胡椒《こしょう》、カレー、わさびなどをなるべくあとで加えるのはこのためだ。

料理は味だけでなく、栄養が取れなければ意味がない。だから根菜の皮や葉も利用しなければならない。戦時の今はなおさらだ。料理は加熱が必要である。消化をよくし、食中毒を防ぐために。加熱しすぎてもいけない。栄養が壊れるから。

先生の考えでは、料理は科学である。整えられた手順と正確な計測、そして細心の観察。だから、先生の調理実習は生徒たちにとって、いつも真剣勝負だった。失敗したら合格点をもらえない。そして、先生は、料理は結局のところ感性（センス）であることも知っていた。センスの良し悪しは生来のものであり、それが無い人はどんなに努力をしても報《むく》われることが少ない、と思っていた。はたして朋にはセンスが有るのだろうか？

センスが有っても無くても、専攻科になったら本科生のような子供気分ではいられないことは確かだった。

県女での苦労の種は教師だった。それはどこの学校でも同じように、際立って個性的な教師は、本来楽しくあるべき学校生活に染みのような影をおとす存在で、県女では数学の日生《ひなせ》と国語の村山《むらやま》がその筆頭だった。

日生は、直線をこよなく愛していて、全てが直角に、直線に揃っていないと気がすまなかった。彼は、いかなる曲線も歪みも見逃さない。

その、日生がスギさんを探しに音楽室に現れた。日直だったスギさんに用があったらしい。仕舞われている楽器を見た彼は眉を顰《ひそ》めた。

「この楽器は何故こんなに乱雑なんだね」

それは常識的に置かれているだけに見えたが、彼には乱雑に見えるらしい。

「本科の生徒が、授業のあとに丁寧に仕舞わなかったのだと思います」

とスギさんが答えた。

「ここは君たちも使うのだろう、気づいた人が整理すべきじゃないか。君たち、やりなさい」

スギさんは、どうせすぐに使うのに、と思ったが、朋たちに手伝わせて楽器を並べなおした。やがて綺麗な直線状を見届けた日生は、満足そうに出て行った。

村山六郎《ろくろう》はより厄介だった。彼は風紀の主任を兼ねていたから生徒の違反を見つけ出し、怒鳴りつけ、矯正することを自分の使命にしていた。それは校則であれ、大日本帝国臣民の心がけであれ、自分の中の規則に反するものは違反として叱りつけるのだった。

「その紺色の靴下はなんだ。靴下は黒か白に決められているではないか」

「奉安殿《ほうあんでん》（天皇の御真影《ごしんえい》を安置した建物）に尻を向けるとはなにごとだ！　この無礼者。家でどんな躾《しつけ》をうけてきた」

「教師に歩きながら敬礼する奴があるか！　登校時は停まって敬礼する、と生徒手帳に書いてあるはずだ」

彼の頭の中には校則も生徒手帳も一字一句違《たが》わずに入っている。村山はこの学校に来てから十五年になる五十歳を目前にした男だったが、依然として平教員のままで、ようやく風紀の主任になれたところだった。だから、多くの風紀違反を弾劾することで有能な風紀主任の姿を見せ、少しでも有利な地位を得ようと、いつも怒鳴る材料を探しているのだった。

彼のこうした思いを生徒は熟知していたから、誰もが彼を避けていたし、こころの底から嫌って、陰では「六郎」と軽蔑を込めて呼んでいた。


学校生活の棘であるこれらの教師のありさまを生徒たちは、ひそかに分析し、批評していたが、なかでもサエさんのそれは厳しかった。

「数学の日生はね、自由な曲線が怖いのよ。自由な曲線はその先がどこに向かっていくか分からないでしょ。だから、行く先がまっすぐに決まっている直線が安心なのよ」

「六郎は職業を間違えたわね。憲兵になっていたら、いまごろ出世は思いのままだったのに。そして、もっともっと人に嫌われたのに」

彼女の寸評はほかの教師にもひろがる。

「家事の松田先生は料理上手よ。でも、先生の言うとおりに作っていたら茶色いおかずばっかりになってしまうわね」

「裁縫の柳先生に服を作らせていたら、反物《たんもの》がいくらあっても足りないわ。贅沢は敵の時代に合った裁縫じゃないのよ」

「校長先生は偉いわよ。有能な教頭がいれば誰でも校長をやれるってことを体現しているんだから」

サエさんの寸評は生徒たちのあいだで好評だったが、寸評の常として人を褒めることはめったになかった。

※

五月だった。家々のツツジや牡丹が咲き揃っている中を、朋は登校のために坂道を降っていた。坂の下の大浦石橋《おおうらいしばし》の停留所から電車に乗って諏訪神社で降りる。道の両側から、盛りのツツジが馨《かぐわ》しく匂っていて、生垣の上から覗くボタンの花が、青空に赤やピンクや白の色を鮮やかにしている。

朋はこの季節がいちばん好きだった。湿気の多い長崎にしてはめずらしくカラッと晴れた日が続く。嫌なのは二月から四月にかけての黄砂《こうさ》の時期だった。大陸から吹き寄せられてきたホコリのような砂は、家の屋根も、電車の窓も白くよごし、違う街になってしまったような白く淀んだ景色はいやだった。

六月を過ぎると長崎は蒸し暑くなる。港を山が囲んでいるので湿気と熱気が街中に滞るのだ。冬は東シナ海からの季節風が強い。

秋は悪くないが、一番はこの四月下旬から五月中ごろにかけてのツツジの咲くころだ。ツツジの香りに包まれて、よく晴れた空の下を海に向かって下ってくると、胸が広くなったような気がする。目のまえの長崎湾は朝の陽に照らされて銀色に光っている。左手の神崎鼻《こうざきはな》の海は空を溶かし込んだように青い。

美しい！　この時期の長崎は、何もかもみな美しい。

そんなことを考えながら下ってきたら、停留場が近くなった。市女のころは、そこで同級生と待ち合わせたものだが、彼女たちは卒業して、みんな仕事に出ているか家に入っている。待ち合わせる人がいないのが少し寂しい。けれども、そこに高等商業学校の生徒に居て欲しくはない。

長崎高等商業学校、市民は略して高商《こうしょう》と呼んでいるその学校は、坂道を挟んで県女の向かい側にあった。もし高商生と一緒に電車に乗ると、諏訪神社の停留所から一緒に学校へ上ってくることになる。それはとても危ないことだった。坂道を高商生と並んで歩くようなことになり、それを級友に見られでもしたら、噂好きな彼女たちは二人の仲を勘繰り、冷やかし、囃《はや》し立てるに決まっている。入学早々、クラスの話題になりたくはなかったし、好きでもない相手と話題にされるのはまっぴらだったから、高商生と一緒に降りると、彼を引き離そうと朋は坂道を駆け上がるのだった。朝から坂道を走って上がるような苦しい思いはしたくない。

幸い今朝は石橋の停留所に高商生はいないらしい。このまま諏訪神社まで乗ってこないといいが……。

だが、乗っているのが長崎医科大生だと事情は違った。医大生はスマートでインテリだったから、女生徒たちにとって憧憬《あこがれ》の君だった。医大は浦上《うらがみ》にあったから一緒に坂道を上ることはできなかったが、彼となら噂の的になってもよいと女生徒たちは思っていた。朋も小学校で二年先輩だった医学専門部の生徒に憧れを寄せていたが、なぜか最近は一緒になることが少なかった。今朝も彼はいないようだ。

朋の家には六歳になる柴犬の「クリ」がいる。赤柴にしては茶色が濃く、背中に少々黒が混じった、ほとんど栗色の雌犬で、父親が職場の上司から「どうしても」と貰わされてきた犬だった。栗色の栗山家の犬だったから「クリ」と朋が名付けた。

クリは、くりくりとした真ん丸な瞳で、誰にでも尻尾をふって顔を嘗めたがる人懐っこい犬だったから番犬にはならなかった。玄関横の犬小屋でいつも寝ていて、ご飯が唯一の楽しみで、お手もお座りも上手にやるが、おやつを見せないと決してしようとはしなかった。散歩が嫌いで、どんなに引いても門の外に出ようとしない犬だった。そのくせ家の中ではいつも朋のあとを追いかけてきて、ご飯をあげる母より、連れてきてくれた父より誰れより朋になついていた。

このクリが朋と一緒に歌うことを覚えてしまった。朋のアルトが聞こえてくると、高いソプラノで「ウォーン」と近所にひびく声で鳴く。坂の下の海岸までとどくような声で鳴くので、朋はクリに気づかれないように、小さな声で練習するしかなかった。

ある日、小声で練習している朋の横で父親が新聞を読んでいた。しばらく父親は黙って座っていたが、やがて新聞から顔を上げると一声「変な歌だ」と言った。三部合唱など聞いたことのない父親に、アルトパートが分かるわけがないから放っておいたが、少し残念だった。そして、その日以来、父親にも練習を聞かれないように気をつけた。

『夕べ』は部の活動費を得るだいじな演奏会だから、その入場券の販売には力が入れられた。千二百枚の券は四等分され、学校の購買部、出入りの商店、近くの女学校、そして部員自身で売られた。部員の分は一、二年生に二十枚ずつが渡され、友人や親戚に売り歩いた。三年生は、こうした俗事にはかかわらない。

一年生は女学校分も担当しなければならない。毎年頼んでいる学校だから「愛想よく今年もお願いします、と置いてくればいいのよ」とサエさんは他人《ひと》ごとのように言った。朋はシズちゃんと一緒に純心《じゅんしん》高等女学校と樹幹《じゅかん》女子学園に行くことになった。

純心は二人とも初めてなので、校門の前から緊張し、通された音楽室でこわごわ顧問の先生が来るのを待った。現れた顧問は、宮本武蔵《みやもとむさし》の画像そっくりの風貌で、指揮棒より木刀のほうが似合いそうだった。彼は厳めしい顔のまま席に座り「田所《たどころ》です」と名乗り「ご用件は?」と切り出した。

気圧されながらシズちゃんが用件を伝えると、

「そうですか、県女は今年も演奏会をやりますか」

「はい」

「この時世にたいへん苦労なことですね」

「はい」

「それで、今年も例年通り七十枚ですか?」

「はい、そう願いたいのですが」

「承知しました、引き受けましょう」

「ありがとうございます」

「本校は十一月に定期演奏会を予定しています。その際はよろしくお願いしたい、と佐々木先生にお伝え願いたい」

「はい、承知いたしました」

案じていたよりも簡単に、そして朋が一言も話す必要もなく終わったので、ほっとした。

翌日、樹幹女学園を訪ねた。樹幹はシズちゃんがお父さんと一緒に何回か来たことがあるというので、昨日より少し気安《きやす》かった。案内された応接室で待っていると、やがて顧問の鈴木《すずき》先生が入ってきた。先生は、お多福のお面そっくりに下ぶくれで、常に笑っているような三日月形の目が細い。

「県立女学校から遠いところをご苦労さまでした。今日はなんのご用事ですか?」

おだやかな問いかけに応じて、シズちゃんが昨日と同じに用件を伝える。

「県立女学校は今年も演奏会をなさるのですか?」

「はい」

「このご時世にですか?」

「はい」

「まあ、兵隊さんが戦地でご苦労をなさっているのに、のんきに音楽会だなんて。浮かれていていい時期ではありませんよ」

「演奏会が浮かれることになるとは思いませんが」

「音楽は心を楽しませるためにやるものでしょ。楽しくなければ音楽をやる意味がありませんものね。心を楽しくさせるというのは、心を浮き立たせるもので、結局は浮かれるということではないですか」

細い目の中が笑っていなかった。

「はぁ。では、樹幹は今年は演奏会をなさらないのですか?」

「いたしませんよ。お国のために、もっとやるべきことがありますから」

「はぁ」

「それで、曲は何をやるのですか?」

「例年通り唱歌と童謡と井上武士《いのうえたけし》などの合唱曲です」

「軍歌は何を歌うのですか?」

「軍歌は歌いません」

「まあ、軍歌を歌わない。この大変な時に、みんなの戦意を高めようともせず、子供じみた童謡だなんて。あなたたちには日本人の魂があるのかしら」

「すみません……。それで、入場券を置いてもらうわけにはいきませんでしょうか?」

「学校の行き方に合わないものを置くわけにはいきませんね」

朋は今日も、一言も話すことができなかった。

樹幹で七十枚売れなかったことは大きな打撃だった。

「樹幹はなんだか今までと違う学校になったようだったわ」

と落胆を込めてシズちゃんがこぼした。

「仕方がないわよ、今はどこの学校も時局に合わせるのに一生懸命だから」

とヤッチンがシズちゃんを慰めた。

「でも、合唱が非国民みたいな言われ方はないと思うわ」

「勇ましくなければならない、が今の風潮だもの」

「でも、樹幹に七十枚売れなかったことは大きいわ、どうしようか」

シズちゃんが顔を曇らせると、ヤッチンは、

「みんなで分けるしかないわね」

と事も無げに言い、結局、売れなかった七十枚は一年生のみんなに配られた。朋は入場券を市女時代の旧友や後輩に売り歩いたが、二十枚から三十枚に増えた券を売りさばくのに何日も街を歩き回らなければならなかった。


こんな風に合唱部にはまり込んでいる朋に母は、

「何のために専攻科へ入ったの。少しは勉強にも身を入れてよ」

と小言を言い、口をとがらせながら、

「高い月謝を払っているんだから」

と言いかけて、言葉を呑み込んだ。

父は何も言わなかったが、娘が学校で何をやっているのか、よく知らないようだった。

※

六月十九日土曜日、いよいよ『たちばなの夕べ』の日がやってきた。

毎年六月に行われる『夕べ』で、一年生は戦力として期待されてはいない。たった二カ月で歌が上達するわけがないから、舞台の人数を賑わせるだけで充分なのだ。サエさんも朋たちに「邪魔にならない程度に控えめに歌ってください」と申し付けた。だから、初舞台に足が震えるほど不安な朋は、今日はできるだけ目立たないようにしていよう、と決めていた。

しかし、ヤッチンたち音楽部の経験者は演奏会に場慣れしているし、シズちゃんとマコちゃんは歌の才能があるからいつもと様子が変わらない。結局、合唱部のなかで不安そうな顔をしているのは朋一人だけだった。

モンペの普段着からワンピースドレスの制服に着替え、左襟に徽章を付ける。佐々木先生はいつもの国民服で舞台に立つらしい。

二ベルのあとに緞帳《どんちょう》が上がって演奏が始まった。

三部構成の演奏会の第一部は唱歌が中心だった。『夏は来ぬ』『海』『紅葉』『冬の夜』……。今の季節から始まった歌は、季節を順に追ってつづき、滝廉太郎《たきれんたろう》の『花』で終わる。初めは霞んでいた客席も、少しずつ人の顔が見えるようになり、足の震えもしずまった。歌も大きく失敗せずに『赤とんぼ』まで歌い進んで、朋はようやく合唱に集中することができるようになった。

聴衆にもなじみ深い唱歌だったが、多くの人には初めての三部合唱は新鮮で感動的だったらしく、みんな熱心に耳を傾けている。その熱心さは朋にも伝わり、歌うことが心地よかった。初めは不安だった舞台で、歌う楽しさが少しだけ分かった。

第二部は、佐々木先生が一番やりたがっている武田宇作や井上武士たちの合唱曲で、県女合唱部一番の聞かせどころだった。ソプラノ、メゾ・ソプラノ、アルトの音が融けあい、調和して一つのハーモニーになる。一つのパートがほかのパートを追いかけ、協調して動きをつくる。聴衆は身じろぎもせずに合唱に聴き入っている。みんなで音楽をつくること、合唱することの喜びや感動を、朋は初めて知った気がした。

異なる音を一つに合わせるから美しい音になる。メゾもアルトもいるから音楽が出来上がる。それが合唱の素晴らしさだ。常々、アルトパートはつまらない、と朋は思っていた。美しいメロディーはなく、いつも低い地味な音で、歌の主役になれることはめったにない。しかし、舞台で歌いながら、アルトが曲の気分、感情を作っていることが分かってきた。主旋律が直接は歌わない楽しい気持ち、寂しい気持ち、悲しい気持ちを主旋律の背後で歌い、ときには高揚する歌の気分を下から押し上げる。アルトが引っ込むと聴衆は主旋律に集中し、聴衆の心を高めたいときはアルトが重層的な響きで歌を豊かに、深いものにする。アルトが曲の心を作っているように思えた。そう気づいた時から、朋は曲の〝心〟を歌うことに集中した。

第三部は童謡、民謡、歌謡曲など色とりどりの歌を楽しく歌う構成で、今年の新曲の『懐かしのボレロ』もここで歌われる。『村祭り』を歌いながら客席の中ほどにいる両親に気づいた。二人の一心に自分を見つめている目が嬉しかった。第三部では、客席から手拍子が起きるときもあり、最後まで大きな拍手が続いた。アンコール曲を四曲まで貰い、最後は『冬景色』で『夕べ』を歌い納めた。

朋が家に帰ると両親も「よかったよ」と喜んでくれた。

「おまえがあんなに上手に歌うとは思わなかったよ」

両親がこんなに嬉しそうな顔をしたのは久しぶりのように思った。

「どの歌が一番よかった？」

朋の質問に父親は、

「うん、『懐かしのボレロ』」

歌謡曲だったから、少々残念だった。

※

夏休みが来た。朋の家では、夏休みに福岡の父の実家に帰省するのが毎年の恒例だったが、今年は帰らないことにした。朋の部活動があるし、なによりも食糧事情の悪いこの時世に、親子三人で押し掛けるのは気が引けた。帰省しない代わりではないが、八月一日にヤッチンたちとねずみ島へ海水浴に行く約束をした。雨が多い夏で、天気を心配したが、晴れて暑い、まずまずの海水浴日和になった。

ねずみ島へは汽船に引かれた平たい底の団平船《だんべいぶね》で渡る。日曜日だから混雑していたが、船の二階席は天井がなく、風が吹きすぎて気持ちがいい。波を滑る船の上で潮風に髪をなびかせていると、陰鬱《いんうつ》な銃後の暮らしが遠ざかっていく思いがする。

ねずみ島の海は美しかった。つややかで、暖かい青色の海が、湾の中央にいくにつれて紺色に変わる。ほとんど波のない海は、ビードロのように滑らかに光っていた。この海を初めて見たのは小学三年生の時で、中国との戦争も始まっていなかったが、その時と海の青さは変わっていない。

水着に着替えて、沖合の飛び込み櫓《やぐら》の立てられた艀《はしけ》までみんなで泳いだ。ヤッチンたちは本科の一年からプールの授業があったから泳ぎは得意だ。殊にミサちゃんはみごとなクロールで、あっというまに艀まで泳ぎ着いてしまった。朋がゆっくりと平泳ぎで泳いでくるのをみんなは艀のうえで応援してくれた。

さんざん泳ぎ回ったあとで、砂浜に寝そべりながらミサちゃんが呟いた。

「この青い空と海の先で戦争が行われているなんて信じられないね」

シズちゃんも、しみじみとした声で、

「本当ね、今もどこかで戦闘が行われているのかなぁ。ガダルカナルから転進した兵隊さんはどこで闘っているんだろう。チエちゃんのお兄さんはどこにいるの？」

「分からないわ、ほとんど手紙が来ないから。でも戦闘機に乗って、どこかの空を飛んでいるんだろうな。山本元帥が機上で戦死されたけれど、お兄ちゃんは無事だといいけど……」

のどかな海水浴場に少し影がさしたところでヤッチンが、

「さあ、お昼にしようか。お腹すいちゃった」

と明るく言うと、ミサちゃんは力強く起き上がり、

「そうそう、お昼。お腹ぺこぺこよ、クロールはやっぱり疲れるわ」

各自が持ちよった弁当を分け合いながらお昼にする。普段は貧しい弁当も、今日は奮発してご馳走が詰められている。朋は久しく見なかった玉子焼きを入れてきた。

ミサちゃんは寄宿舎生活だから弁当がない。

「はい、これはミサちゃんの分」

シズちゃんが余分に作ってきた弁当をミサちゃんに差し出した。

「わぁ、ありがとう。シズちゃん優しいね。ほんと、優しいのはシズちゃんだけだよ」

「なに言ってるのよ、去年は私がお弁当作ってきてあげたでしょ」

「そうそう、シノちゃんも優しいね。忘れてないわよ」

「この真桑瓜《まくわうり》はお弁当のあとでみんなでたべましょう」

「まあ素敵！　ヤッチンて優しいわ。本当に、大好きよ」

「結局みんな優しいでしょ」

「そうそう」

お昼の後に一休みしているとシノちゃんが、

「合唱部のつぎの演奏会は市内の文化祭と学校の創立記念日ね」

と話題を出した。ヤッチンは、

「創立記念日は縮小で、曲目は去年の半分ですって」

「また戦争のせい。それじゃ文化祭を頑張らないといけないわね」

「今年こそ活水《かっすい》女学校に勝ちたいものね」

「そうそう」

朋もみんなと一緒に頑張りたいと思った。夏の日差しが暑かった。


夏休み中、まったく異例のことに校長の交代があった。今までの校長は県北部の中学校長に転出になったのだが、この校長は実務は教頭に任せきりで、ハンコを押すことと、対外的な会議に出席することと、朝礼で訓示をすることしかしない人だった。彼がなぜ転出したのか、その理由は誰も知らなかった。

新しい寺尾《てらお》校長は、県の学務課長を長年つとめ、県下の学校の戦時体制をほとんど一人で作り上げた人だった。次の内務部長と目されていたが、若い人に席をゆずりたいと希望して県女の校長になったという話だった。そんな大物が一県立女学校の校長に天下ったほうが不思議だったから、生徒も職員も少なからず緊張した。

※

十一月三日、明治節の日に市内中等学校の文化祭が行われた。みんなが楽しみにしていた文化祭だったが、戦争が厳しくなって今年は中止することが夏休み明けに決まった。それが、急に変更になり、そのことで佐々木先生は校長室に呼ばれた。

「佐々木先生、市内中等学校文化祭は中止する話でしたが、やることに変わりました」

「ほぉ、そうですか」

「文系学生の徴兵猶予が停止されたことは君も承知していると思いますが、そうなると勉学への意欲が低下しかねない。そうした中で文化祭も中止となると、いっそう文系の勉強が疎かになると心配した人が現れた。それで急に文化祭は復活するということです」

「はぁ、そうですか」

「例年どおり音楽会もコンクール形式でやりますが、急な変更だから音楽に見識のある人を呼ぶことができない。それで市長と学務課長と三菱造船の副所長が審査員をやるそうです。つまり素人が賞を決める」

「……」

「それから演奏曲は各校三曲、その中には軍歌を加えることが条件です」

「……」

「それで、君を呼んだのは、この条件で本校の合唱部が音楽会に参加するかを聞くためです」

「出なくても構わないのでしょうか？」

「もちろん構いません。活水女学校は準備が整わないから、と参加を辞退しましたよ」

「でも、辞退したら本校の立場が悪くなるのではないでしょうか？」

めったに表情を出さない先生が、珍しく心配そうな顔をする。

「そんなことはないでしょう、あくまでも任意の参加ですから」

「そうですか……。では参加させていただきます」

「……そう、参加するの？」

「はい、どんな演奏会であれ、演奏の場があれば生徒たちが喜びますから」

「そう。では参加の旨、答えておきますよ」

「よろしくお願いいたします」

しかし、一旦止めると言いながら、急にやると言われても準備期間が一カ月しかないから大慌てだった。とりあえず演奏曲は十一月の学校創立記念日のために準備していた武田宇作の合唱曲と『島原《しまばら》の子守唄』の二曲を選んだ。『島原の子守唄』を選んだのは、地元の歌で審査員に好感を与えるためだった。

残りの軍歌は佐々木先生が決めた。『空《そら》の神兵《しんぺい》』だった。

『藍《あい》より蒼《あお》き　大空《おおぞら》に大空《おおぞら》に　たちまち開《ひら》く百千《ひゃくせん》の　真白《ましろ》き薔薇《ばら》の花模様《はなもよう》　見《み》よ落下傘《らっかさん》
空《そら》に降《ふ》り　見《み》よ落下傘空《らっかさんそら》を征《ゆ》く　見《み》よ落下傘空《らっかさんそら》を征《ゆ》く　……』

講堂のうしろで聴いていた昭子先生は、

「いい歌ですね、モダンで明るくて。生徒も楽しそうに歌っていました」

「そうかい。こんな歌詞を付けられて、高木東六《たかぎとうろく》はさぞ悔しかったろうよ」

そう言うと、佐々木先生は総譜を昭子先生に渡して「あとは頼む」と帰っていった。

明治節の当日は、練習期間が短かったから各校とも完璧な出来とは言いかねたが、それぞれに一生懸命の合唱で、一校ごとに会場には大きな拍手がひびいた。樹幹女子学園が三曲とも勇ましい軍歌で揃えてきたのには会場は驚かされ、そのあとすぐの県女が少々おとなしく聞こえた。審査の結果は、樹幹が優勝で、県女が二位だった。県女への拍手がいちばん大きく聞こえたのだが……。

翌日、県女で臨時の職員会議が開かれた。会議前の雑談の話題はきのうの文化祭と音楽会にあつまった。

「本科生の書はなかなかでしたな、かなりの数が入賞した。それにくらべて合唱はおしかったですよ、もうすこしで優勝できたのに。うちも軍歌三曲でいくべきだったんです。樹幹の戦術にしてやられましたな」

と六郎が悔しがる。

「しかし、いかにも審査員の受けを狙ったようで、あざとくはありませんか」

と歴史の教師が反論する。佐々木先生は黙って座っている。

「なにがあざといものですか。勝つためにはあらゆる手段をつかうべきなんです」

「勝つといっても合唱のコンクールですからね。歌の出来の良し悪しより選曲の妙を競っても仕方ないんじゃないですか」

「合唱のコンクールであろうが、なんであろうが勝負は勝負。勝つための努力に万全を尽くさないのは怠慢でしょう」

そこに、遅れて校長が入ってきた。

「遅れて失敬、来客があったもので。ところで何の話です？」

「昨日の音楽会で勝てなかったのは悔しかった、という話をしていたところです」

「あぁ、あれ」

「二位とは残念じゃないですか。県立高等女学校は常に一等であるべきです」

六郎は勝ちにこだわる。

「まあね。しかし、音楽の素人がつけたあいまいな評価に一喜一憂していてもしょうがないでしょう。他人の評価よりも、自身の力をいかに尽くしたか、に心を向けるようにしたいですね。ところで、今日あつまってもらったのはほかでもない、教職員の不足について話し合いたいと思います」

校長はさっさと話題を変えてしまった。

「みなさんも感じておられるだろうが、教職員の召集が続いて校内の人手が不足してきています。それに、数年前から本校専攻科の卒業生を教員として多数採用してきましたが、経験の浅さは如何ともしがたく、指導力の不足が歴然としている。加えて、本科三年生から生徒数が百人増えている。これらは、本校にとって教育の水準を維持する上で危うい状況です。そこで、何か良い対策があれば提案して欲しいのですが」

会議室は一斉にシーンと静かになって、誰もが下を向いている。発言が無いのを確かめて校長は一同を見回しながら再び口を開いた。

「それでは三つ提案があります。第一は、専攻科卒業生の採用は実力のある生徒だけに限定すること。第二は、定年や結婚で退職された先生で、再度勤めてもよいというお方があれば紹介して欲しいということ。第三は、不要な仕事は廃止すること。瑣末《さまつ》な校則の点検は省略して構いません。それよりも勉強に対する態度や、日常生活の姿勢に目をくばってやって欲しい」

新しい校長は着任して二カ月だったが、やることは早かった。

※

十二月十一日土曜日、三年生の最後の部活動の日だった。練習のあとで三年生の歓送会が談話室であった。新部長でニレさんと呼ばれることになった楡原《にれはら》さんの挨拶で始まった会は、こうした場が苦手な佐々木先生が「君たち三年生のおかげでいい合唱ができた。ありがたかった」と一言で帰ってしまい、あとは生徒と昭子先生だけの和《なご》やかな会になった。どうやら、そうするために佐々木先生はさっさと帰ってしまったらしい。

話題の一つは三年生の進路だった。サエさんは島原、トモさんは大村《おおむら》、オオさんは対馬《つしま》の高女の教師に、スギさんは県の学務課に採用されたそうだ。三年生五十一人の中で、県女に残れる人は誰もいなくて少し寂しい、そんな話が出た。茶菓《さか》が少なく質素だったが、楽しい歓送会だった。朋たちも二年後はこうして送り出されるのだろうか……。

つぎの月曜日、練習のあとにヤッチンが音楽室で譜面台を整理しているとサエさんがやってきた。

「岩代さん、まだいたの。あなた一人で片付け？」

「いいえ、みんなで片付けたところですが、すこし整頓しておこうと思って。日生先生に見られると困りますから」

「ご苦労さまですね」

そう言うとサエさんは、持ってきた楽譜を棚に仕舞いはじめた。

「楽譜の整理なら私がやりますが」

「いいの、これは三年生が借りていた楽譜だから私が片付けるわ」

何枚かの楽譜をそれぞれ決められた棚にもどしながらサエさんは、

「岩代さん、今年の一年生はよく集めたわね」

「はあ？」

「みんなそれぞれに素晴らしい人たちで、どうやって集めたのかって感心したわ。貴女《あなた》たち音楽部からの四人の力は知っていたけれど、新人の三人には驚いた。諸橋さんは澄んだ温かいリリック・ソプラノで、井田さんは伸びやかなよく通る声で、二人ともこれからが楽しみだわ。栗山さんはアルトが欲しいところでしっかり出てきてくれて、初心者だなんて言いながらハーモニーの作り方を心得てる。あんな逸材たちをどうやって見つけてきたの？」

「えへへ、勘です」

「ひとを知っているひとのところには、ひとが集まるってことかしらね」

最後の一枚を仕舞い終えると、サエさんはヤッチンを振り返り、

「貴女《あなた》たちが三年生になったときの合唱部が楽しみだわ。どんな素晴らしい歌を聴かせてくれるだろうかって。そのときは貴女《あなた》が合唱部を引っ張っていくだろうけれど、頑張ってね」

「ありがとうございます」

「これからも戦争はますます厳しくなっていくでしょうね。部の活動も制限されるだろうし、音楽会のような発表の場も少なくなってしまうかもしれない。けれど、そうしたこと

に挫《くじ》けないでね。貴女《あなた》たちならきっと発表の場はできてくるだろうし、貴女《あなた》たちなら長崎の人たちを喜ばせる歌が歌えるはずだから。県女の合唱部を輝かすことができるはずだから」

「はい」

「これからはニレさんを助けてやってね。彼女は私とちがって優しくって、強いことは言えない人だから」

「はい」

「……なんだか遺言みたいね。これじゃ、まるっきり遺言ね」

サエさんは、ちょっと微笑むと、窓に寄ってすっかり暮れてしまった中庭を見つめた。

閉門時間が近づいた校内は人の声が絶えてひっそりとしている。

「合唱部の三年間は楽しかったわ、ほんとうに楽しかった……」

サエさんが小さくため息のように呟いた。やがて、我に返ったように振り向くと、少し晴々とした表情で、

「いまの遺言、しっかり受け取ってね」

「承知しました」

こうしてサエさんは合唱部を去っていった。

※

三学期になって一月十七日、朋が家庭寮に入る日がやってきた。家庭寮は、校内の一角に建てられた木造二階建ての純和風な一軒家で、台所も風呂も部屋も、全てが普通の民家とおなじ造りになっていた。「橘寮《たちばなりょう》」と呼ばれているこの一軒家に本科生十人と専攻科生二人が一緒に一週間住み込みながら、日本の標準家庭の生活の仕方を学ぶ。この一週間の生活は、本科の四年生には家政の学習の仕上げであり、専攻科の一年生には中等学校の教師に進むか、他の進路を目指すか、心をかためる大切な時だった。住み込みの間は「寮母《りょうぼ》」と呼ばれている平木《ひらき》先生の指導を受ける。

初日は七時半から入寮式がある。式が行われる和室に座って長押《なげし》を見上げると、「淑徳《しゅくとく》」の額が掲げられていた。上品でしとやかな徳は、とうてい身につきそうもないな、と思いながら朋は額を見ていた。もう一人の専攻科生は第二部の五島《ごとう》さんで、彼女は身じろぎもせずに、まっすぐ正面を見て正座している。彼女なら淑徳の額が似合いそうだった。

平木先生が入ってきて、簡単な説明のあとに一週間暮らす部屋を割り当ててくれた。朋は二人の本科生と一緒の部屋で、もう一部屋の本科生三人を合わせて面倒を見ながら、いろいろの指示をしなければならない。

寮生活の実質は第七限終了の午後四時十分から始まった。この一週間は部活も外出もなしで、ひたすら寮に籠《こも》らなければならない。まず、庭の掃除。落葉の積もった広い庭は十二人がかりでも大変だ。そのあとは風呂と夕食の支度。五島さんと朋の班が交代でそれぞれを行う。今日、朋の班は風呂の支度だった。タイルの風呂と風呂場の清掃、まき割り、水張り、焚き付け。本科生に指示を出して監督しながら、時々見本を示す。初めて人に指示して、監督をしたら気が疲れた。自分ひとりでやった方がずっと楽だ。教師になったら、こんなことを毎日やらなければならないのか、と思うと少々気が滅入った。

夕食は質素で、手間のかかる煮物が中心だった。ご飯は正座して黙々と食べる。食事中のおしゃべりなど、もってのほかだ。食事を片付けたあとで先生の講話があった。

「家の生活を充実・向上させるには、家事について充分な能率をあげることが必要です。あなたがたは卒業すると、家に入り、お母さんの手伝いをし、さらに何年後かには主婦になると思いますが、家事の能率にはいつも心を用いなければなりません。

ことに、今日の我が国は、大東亜戦争の完遂に全力をあげなければなりませんから、従来のように家事に多くの人手をつかうことは許されません。この意味からも、家事の能率をあげることは大切です。漫然と掃除、洗濯、炊事をしていてはいけないのです。この一週間の寮生活はそのことを常に意識して過ごしてください」

朋たちは、そうした意識を持つように本科生を指導する、ということになる。

夜の寒さの中、九時まで黙学。その間に順番に風呂に入る。黙学が終わると自由時間。ここでやっとおしゃべりができる。九時半、消灯。翌朝は五時半に起きなければならない。枕が変わったのと、寝過ごしたら大変っと心配になったらなかなか寝付けなかった。

翌朝は掃除から始まった。廊下や柱は雑巾で水拭きをする。早朝の水仕事は手がかじかんで辛い。「冬はつとめて（早朝）」と言った人は水仕事をしなかったに違いない。

放課後は朋たちの班が夕食の当番だった。竈《かまど》で焚くご飯は、外米《がいまい》の古米《こまい》に半分以上麦が混じったもので、水加減が難しい。おかずは大根の煮物で、汁物はすいとんだったが、その実はゴボウと大根の葉と皮（煮物用に剝いた）とキャベツだけで、教科書のすいとんには油揚げが入っていたが、そんな贅沢なものはない。大根の煮物にはイワシが一匹だけ入れられた。小ぶりな一匹を先生を入れて十三人分に切り分けるのはなかなか難しかった。テニスコート菜園で採ったナスのぬか漬けの添えられた食卓を前にして、初めて見る粗食に目を丸くしている本科生もいた。

入寮生活も後半に入り、当初の緊張と興味が薄らいでくると、家が恋しくなる生徒が出始めた。この四年生から修学旅行が廃止されたので、生徒の多くは長いあいだ家をはなれた経験がないからなおさらだった。家を恋い慕う何人かに引きずられて、みんなの顔色が暗く沈んで、自由時間も話が弾まなくなった。五島さんは寄宿舎生活だから、こうした共同生活には慣れているはずなのに、彼女まで俯いている。少々困ったと思った朋は、

「みんなで歌を歌いましょう」

と誘った。

「歌ですか?」

「唱歌でも童謡でも、みんなで歌える歌ならなんでも。そうだ、『どんぐりころころ』を歌おうか。『どんぐりころころ　どんぶりこ　お池にはまって　さあたいへん　……』」

『花咲爺《はなさかじじい》』『証城寺《しょうじょうじ》の狸囃子《たぬきばやし》』『紅葉』『朧月夜《おぼろづきよ》』……。できるだけみんなの気分が引き立つような曲を選んでいったが、ヤッチンだったらもっと上手にみんなを元気づけられるだろうな、と思った。それでも、初めは声が小さかったみんなも二、三曲歌うあいだに元気に声を合わせるようになってきた。

最後に合唱部の愛唱歌の『冬景色』を歌った。みんなにはメロディーを歌わせて、朋は聞きおぼえたメゾ・ソプラノパートを歌った。初めて経験するハーモニーにみんなは歓声をあげ、翌日の自由時間には、みんなの方から「歌いましょう」と声をかけてきた。

歌い終わって部屋に引き上げようとしたところで平木先生に出会った。先生は、

「貴女《あなた》はみんなの気を引き立てて励ますのが上手《うま》いわね。助かったわ。貴女《あなた》が先生になったら、そうやって生徒を励ましてあげてね」

と言ってくれた。嬉しかった。

明日が寮生活最後の日になる夜、最後の先生の講話があった。

「あなたがたは将来、主婦になり母にもなる人たちです。

主婦とは、一国で言えば内務《ないむ》、大蔵《おおくら》、司法の三大臣を兼ねるようなものであり、時には文部、外務の二大臣をも兼ねた位置にあるのです。一家の本当の中心は主婦です。けれども、一朝一夕《いっちょういっせき》に名大臣になることは難しいことです。名大臣になるか、凡大臣、あるいは悪大臣になるかはこの寮生活を終えたあとの、あなたがたの心がけにあります。

誠実、温順、貞節の誉《ほま》れを受けるべく、犠牲・奉仕の精神を持ち、家事には何事にも科学的に、また愛国のこころを持って臨んでください。そうするならば世界無比の賢婦人に

なれるでしょう。志を大きく持ってください。そしていつも、どんな時も、家族への愛情を持っていてください」

朋は、主婦になるのはなかなか大変だ、と思った。

翌日の朝、本科生を指導しながら食事の支度をしていると、一人の生徒が「木里先輩が来ています」と教えてくれた。寮と学校の境目の石段まで出てみると、まだ明けきらない薄闇のなかにシノちゃんが立っていた。

シノちゃんは、

「朝の忙しいのに悪いわね。新しい楽譜が先生から来たから」

とアルトのパート譜をさしだした。

「わざわざ持ってきてくれたの。教室で渡してくれてもよかったのに」

「でも、早く見たいでしょ」

「うん。ありがとう、嬉しいわ。こんなに朝早く、悪かったわね」

「ううん、ピアノの手入れもしたかったし」

「それにしても早いわよ」

「すこしピアノも弾きたかったの」

そんな話をしているうちに、朝陽が長崎半島の山並みを越えて昇ってきて、金毘羅山の頂が光に染まった。造船所を出て行くらしい船の汽笛が響き、港を囲む山々にこだまする。

その音を聞きながらシノちゃんは、

「『朝《あさ》あけて船《ふね》より鳴《な》れる太笛《ふとふえ》のこだまはながし並《な》みよろう山《やま》』ね」

「斎藤茂吉《さいとうもきち》ね」

「長崎を歌った短歌《うた》には『長崎《ながさき》は石《いし》だたみ道《みち》ヴェネチアの古《ふ》りし小路《こおぢ》のごととこそ聞《き》け』というのもあるけど、ヴェネチアほどロマンチックな街じゃないのにね」

「短歌《うた》に詳しいのね」

「茂吉は好きだから。『はるかなる国《くに》とおもふに狭間《はざま》には木精《こだま》おこしてゐる童子《どうじ》あり』はドイツのイサール川の渓谷で歌ったものだけど、いまごろドイツはどうなっているのかしらね」

そのころドイツは、ヨーロッパを席巻した勢いをなくし、前年の二月にソビエトのスターリングラードで敗北して以来は守勢・後退を続けていた。日本が頼りとしたナチス・ドイツはヨーロッパで勝利できる見込みをなくしていた。連合軍がノルマンディーに上陸するのは、五カ月後だった。

※

県女では、三月から本科の三年生が長崎兵器製作所茂里《もり》工場に動員されることが決まり、その準備で生徒も教師も、どこか落ち着かなかった。その慌ただしさの中で、来る六月の『夕べ』は中止するように、という話が出てきた。

部長のニレさんは、慌てて佐々木先生のところに飛んで行った。

「どういうことですか？　誰が中止と言ったのですか？」

「教頭先生だよ」

ニレさんは教頭の前に駆けつけると、

「なぜ今年は中止しなければならないのですか？」

「市からの話だ。会場にしていた公会堂を今年は貸すことができないそうだ」

「なぜです?」

「戦争が厳しくなってきている中だから、音楽会のような催しは止めるように、ということだ」

「学校はそれで承知なのですか？　合唱の演奏会は音楽教育の一環のはずです。音楽教育は奨励されているはずです」

「市の決定だ。会場がなければやれないだろう」

「会場があればやっていいのですね」

「まぁねぇ」

　ニレさんは教務室を飛び出すと市中を走り回った。市役所で公会堂の借用を頼んだが、教頭に言われたのと同じ理由で断られ、それから市内のいくつかの劇場、映画館を回ったが答えはどこも同じだった。何日も放課後に市内を走り回ったが、貸してくれるところはどこも現れない。放課後のたびに血相を変えて飛び出していくニレさんを、人々は半分面白がって、半分は狐憑《きつねつ》きでも見るような薄気味悪さをもって眺めていた。ニレさんは一人で走り回っていたが、数日してあきらかに顔がやつれてきた。万策尽きたらしい。

　やつれた顔でふたたび教頭の前に現れたニレさんは、

「会場があればやっても構いませんか？」

「あればね」

「それでは講堂を貸してください」

「講堂はいかん。全校行事をやるだいじな場所だ。何かあると行事が滞る」

「それでは雨天運動場（体育館）を貸してください」

「学校外のひとが入るのは汚されるから困る」

「清掃は私たちが責任をもってやります」

「しかしねぇ」

「校長先生はいいとおっしゃいました」

「校長先生に話したのか？」

教頭が驚いた顔をした。

「はい」

「こんなつまらないことで校長先生を煩わせたのか」

「私たちにとってはつまらないことではありません、重大なことです。校長先生はいいとおっしゃいました」

教務室全体の注目が二人に集まった。

「しかし、そもそも音楽会が時世に合わないということだろ。そこを考えてみたまえ、悪くすると我が校の名誉にかかわる」

「音楽教育の一環です。校長先生はやってもいいとおっしゃいました」

「校長は校長、わしはわしだ。許可しない」

この言葉を聞いてニレさんの両目に涙が盛り上がる。ニレさんに加勢しようと数人の教師が立ち上がった。ニレさんの今にも零《こぼ》れ落ちそうな涙を見て教頭は慌てた。

「熱心なのはよく分かったが、こんなときに合唱の演奏会なんて、よそからなんて言われるか……。まぁ仕方がない。私、教頭の一存で貸すことにしよう。雨天運動場を貸すのは、あくまでもわしの一存だ、校長先生は一切関係ない。これでいいね」

「ありがとうございました」

ニレさんは顔をパッと輝かせて、深々と頭を下げた。

「せっかくやるからには、いい演奏会にしてもらわないと困るよ」

教頭は少し渋い顔をして言った。今年の『夕べ』はこうして守られたのだった。

それから数日後、角行之《かどつらゆき》教頭の退職が発表された。定年後も長く勤めさせてもらったが、ここらで後進に席を譲りたい、という話だった。

二月末の放課後、ヤッチンは先生に呼ばれて帰りが遅くなった。玄関に出てみると雨が降っている。朝は晴れていたから傘を持ってきていなかったのに、黒い空から降ってくる雨は冷たそうだった。本科生の閉門時間を過ぎた玄関はひっそりとして誰もいない。

(仕方がないな。濡れて行こうか)

と手拭いで頬《ほお》かむりをして出ようとしたとき、

「岩代さん」と声を掛けられた。

振り返るとニレさんが傘を持って立っていた。

「岩代さんは寺町でしょ、私は十人町《じゅうにんまち》だから送っていくわよ」

「でも回り道になりますから」

「少しくらいの回り道なら平気よ」

「でも悪いです」

「こんな雨のなかを濡れて帰ったら風邪を引くわよ。いいから傘に入っていきなさい。それとも、私と一緒に歩くのはいや?」

そう言われては断れない。ニレさんの傘に入れてもらって二人で歩いた。ニレさんは、ほのかに石鹸の匂いがした。ニレさんはヤッチンより一つ年上で頭半分背が高い。髪型と顔立ちが似ている二人だから、道行く人は姉妹が一つ傘で歩いていると思ったかもしれない。

「岩代さん、今日は遅いのね」

「はい。三月の工場動員のことで先生に呼ばれましたから」

「そう、大変ね」

しばらく二人は黙って歩いた。傘に落ちる雨の音だけが響いた。

「私おかしかったでしょ」

「え、何がですか?」

「『夕べ』の会場を借りるのに見境をなくして」

「そんなことはないです。熱心で、一生懸命で、立派だと思いました」

「『たちばなの夕べ』は絶対にやりたかったの。だって『夕べ』は専攻科の象徴だもの。卒業すると『夕べ』はなぜか専攻科時代の象徴的な思い出になるのよ。私の姉も五年前に専攻科を卒業したけれど、同窓会のたびに『私たちの三年のときの夕べは素晴らしかった。お客さんも多かったし、ほかの回期よりよほど良かった』って話すの。姉に連れられて同窓会に出るんだけれど、姉の同級生もみんながそう。可笑《おか》しいわよね、自分が出たわけじゃないのに。みんな楽しかった専攻科時代の想い出を『夕べ』に代表させてくる、運動会でも創立記念日でもなく『夕べ』に。そして、ほかの回期より自分たちが三年生のときの『夕べ』を誇りに思っている」

「そうなんですか」

「そう、『夕べ』は合唱部だけのものじゃなくって、回期生みんなのものになっているの。合唱部は専攻科にしかないでしょ。書画部や体育の部は本科生と一緒だけれど、合唱部は専攻科だけのもの。その『夕べ』は、専攻科生みんなのものって思うのかしらね」

「そのわりには誰も合唱部に入ってきませんね」

「それはそうよ。誰もが歌を歌えるわけじゃないし、誰もが音楽に興味があるわけじゃないから。そして、なによりも『夕べ』の舞台に立てる自信なんてないから。音楽部から続けて合唱部の岩代さんには分からないと思うけれど、みんなそうなのよ。姉なんて、私が入部するって言ったとき『あなた本当に人前で歌えるの？』って心配していたし、部長に選ばれたときは『失敗したら大変だから辞退しなさい』って言っていた。

合唱部はみんなのあこがれ半分、恐さ半分ってところなのかな。みんな、どこか合唱部なんて敬遠しているのに『夕べ』だけは自分たちのものにして、勝手よね。合唱部員って一種変な目で見られているでしょ、歌に取り憑かれた変人って。体育部の人たちなんて上品ぶってるなんて言っているし」

「結構、乱暴で野蛮ですけどね」

「うふふ、乱暴で野蛮の代表はサエさんね。そして、だから、私も乱暴で野蛮に会場を取りにいった。『夕べ』は絶対にやりたかったから。部員のためにも同級生のためにも。『夕べ』をやって、みんなにいい思い出を残してあげたかったから」

「そうだったんですか」

「でも、本当にいい思い出を残すためには、これから頑張って練習しないとね」

「はい」

ヤッチンは結局、家の前まで送ってもらった。

※

高女生は年度内に一カ月、勤労動員されることになっている。それが朋たちにもやってきた。朋は、国が途方もない困難に立ち向かっている今、勤労動員で少しでも国に役立ち、戦争の助けができることが誇らしかった。専攻科一年生は平戸小屋町《ひらとこやまち》の電機製作所で三月二十日から四月二十二日までの動員だった。

入場式が工場横の海に面した広場で行われた。外套もなく起立している体に曇って鉛色の海風が冷たく吹いた。式は一同の礼で始まり、宮城遥拝《きゅうじょうようはい》、『君が代』斉唱、工場長（ただし代理）訓示と続く。

「我が将兵の力戦敢闘《りきせんかんとう》は克《よ》く皇国の誉れを発揚しているが戦局は一層《いっそう》緊迫の度を加えて皇国の安寧《あんねい》、東亜の存立は危機に瀕《ひん》している。この時に学徒の忠誠護国《ちゅうせいごこく》の至念《しねん》をもって国難《こくなん》突破《とっぱ》のために本工場の生産に加わることは……」

どこかで聞いたような訓示はいつまでも終わりそうにない。続いて工場動員に関する全般の注意伝達があった。

「本工場は軍需工場である。本工場で見聞きしたものは一切外で口外してはならない。例えば本工場で作っている軍艦用の電動機（モーター）の大きさが敵に漏れただけで、ここの製品が何に用いられるのか、その電動機を搭載した艦の性能はいかなるものかを敵は知ってしまうであろう。おしゃべりはスパイ行動と等しいのである。本工場のものは紙一枚、ネジ一個、電線一本も持ち出してはならない。それは泥棒の行為である。班に割り当てられた作業場所以外に立ち入ってはならない。勤務時間、休憩時間は厳守しなければならない。諸君の動員には報奨金として賃金が支払われる。だから休憩時間以外は手を休めてはならない……」

聞いている内にますます寒さが募《つの》った。そして、班別の発表があり、ヤッチンが専攻科生を代表して誓詞《せいし》を読みあげた。

「去る十六年に大詔《たいしょう》を賜《たまわ》って始められた聖戦は今や益々《ますます》苛烈《かれつ》の度を加え、前線勇士の力闘奮戦《りきとうふんせん》により勝利は目前といえどもなお予断を許さず、敵撃滅のためには更なる戦力増強を必要とする中にあって、我等も勤労報国隊《きんろうほうこくたい》として軍需品の製造に加わることができることは無上《むじょう》の栄誉とするものである。我等はここに学業を一旦停止し、私事《しじ》を顧《かえり》みず、粉骨砕身《ふんこつさいしん》動員業務に挺身《ていしん》し、堅忍不抜《けんにんふばつ》必勝の信念で課せられた責務を果たし、以《もっ》て皇恩《こうおん》の万一《まんいつ》に報い奉《たてまつ》らんことを宣誓する」

いつものヤッチンの言葉ではなかった。

『海ゆかば』を斉唱して式が終わったころには冷え切って、誰の唇も紫色になっていた。朋はモーターの組み立て班に配属された。軍艦に搭載されると聞いていたからどれほど大きなモーターかと思ったが、手のひらに載るほどの小さいものだった。あとで工場のひとが新型魚雷用のものだと教えてくれた。

朋の仕事はモーターの端子にリード線をハンダ付けする作業だった。工場の指導員は簡単なように話すが、初心者にはうまくできない。ハンダがうまく流し込めないとリード線が付かないし、ボッテリと丸くハンダが載ったと思って手をはなすとリード線が外れた。それを見た指導の工員が「テンプラだね」と笑った。

「テンプラですか？」

「ころもばかり厚くて身が外れちゃうことさ」

ここ数年、天麩羅なんて食べたことがないが、こんなテンプラは有難くなかった。

数日して作業に慣れたころ、現場主任がモーターの試験の様子を見学させてくれた。生徒たちが作ったモーターが試験台に載せられていた。それらは、試験用のプロペラが付けられ、電池につながり、スイッチが入ると細かく震えながら低く唸った。

震えて唸る様《さま》は、もはやモーターという物体ではなく、ある種の生き物、金属的な光沢をはなつ甲虫《こうちゅう》のように見えた。モーターは魚雷に搭載されるということだから、やがてそれらの甲虫たちは、敵の艦《ふね》に向かって放たれるはずだった。どんな艦《ふね》に向かっていくのだろうか？　それがいずれの艦《ふね》、あるいは船《ふね》にしても、自分たちの作ったこれらの甲虫が、船体にぶつかって飛散する様子は、ちょっと想像することができなかった。

二年生

工場動員が終わったとき、桜はとうのむかしに散って、始業式も入学式も朋たちのいない間に終わっていた。朋は、知らない間に二年生に進級していて、教室は今までの部屋の隣だった。新しい教室に入ったとき、初めて自分は二年生になったんだ、と感じた。

一学級だけで、そのまま持ち上がったクラスだったから大きな変化はなかったが、胸の病気でひとりが退学し、ひとりが父親の戦死で母親の郷里の大分へ移っていったから、第一部の生徒は二人減った。担任は一年生のときと同じ角田淳子《つのだじゅんこ》先生だったが、これは学年の切れ目で動員になったので、変更の時期を失ったためらしかった。

県女に大きな変化はなかったが、道を挟んで向かい側の長崎高等商業学校は、名前が長崎経済専門学校に変わり、さらに工業経済専門学校が併設された。高等商業学校というものが、今の時局のなかでは不要不急の教育機関である、と軍部が見なして、全国の官立高商が経済専門学校に改称されたり、工業専門学校に転換されたのだ。戦争中の日本にとって商業は不要ということだった。新しい校名を長崎の人は略して「経専《けいせん》」と呼んだ。長崎高商の名前が変わっても県女との関係が変わりはしなかったが。

合唱部には九人の一年生が入ってきた。去年の合唱部の演奏に感激して入った、という娘《こ》が何人もいたから朋は嬉しかった。

ソプラノの一年生は人数が多く、朋も大村《おおむら》高女から進学してきたサッちゃん（蒲池幸《かまちさち》）の指導を受け持つことになった。朋たちがいない間に三年生が基礎を指導したはずなのに、立ち方、呼吸法、発声、なんでこんな簡単なことができないのか、と驚いた。驚いたあとで、一年前の自分も同じだったな、と懐かしかったし、せめて自分くらいには成長させてあげたい、と責任も感じた。だからスタッカートの切れの悪さや、フェルマータの伸ばし足りなさをついつい細かく指導してしまう。一年生はさぞ口うるさい先輩と思ったことだろう。今年の『夕べ』は無理を言って雨天運動場を借りた手前があるから、ぜひ成功させなければならない。佐々木先生の指導も熱が入った。

※

慌ただしく新学期を過ごしていたら、あっというまに六月になって、『夕べ』の日が近づいてきた。工場動員があり、落ち着いて練習ができなかったが、それでもなんとか形を整えることができた。今年の『夕べ』の新曲は、古賀政男《こがまさお》の『誰か故郷を想わざる』に決まった。

六月十日土曜日、その日が来た。朋は去年のような舞台に立つ不安は感じなかったが、うまく歌わなければ、という緊張は今までの演奏会にはないものだった。

卒業したサエさんが島原から駆けつけて、

「ニレさんは普段なんにもやらないように見えて、やるときはやるのね」

と、褒めたんだか、けなしたんだか分からないようなことを言った。

この春退職した前教頭もやってきた。

「教頭先生、お越しいただき、ありがとうございます」

ニレさんが挨拶すると、

「わしはもう教頭じゃないよ。約束どおりにいい演奏会をやってくれるか聴きにきたよ」

陽が金比羅山の向こうに傾いた五時半に開場。聴衆のなかに向かいの経専生が何人かいた。彼らは、普段はぜったいに見ることができない県女のなかを興味深そうに眺めている。ニレさんのことばどおり、専攻科の三年生はほとんど来ていたし、朋たちの同級生も多かった。

いつものとおり唱歌の第一部から始まった演奏を、人々は身を乗り出すように聞いている。娯楽のなくなった毎日のなかで、久しぶりの音楽会を人々は喜び、楽しんでいた。公会堂とちがって運動場では声の響きが悪かったが、聴衆は気にならないらしい。最後まで聴衆の拍手は衰えなかったが、学校に約束した時間があるからアンコールは二曲で終わりにした。

聴衆のいなくなった運動場はやけに広々としていた。掃除のためにバケツと雑巾を準備しているところに前教頭がやってきた。

「うん、今年も立派にやってくれて嬉しかったよ」

「ありがとうございます」

ニレさんは深々と頭を下げた。

「教頭先生のおかげで今年も『夕べ』をやることができました。これから雑巾を掛けるところですが、最後まで見ていかれますか?」

前教頭は笑いながら、

「そうしよう。綺麗にして返す約束だったからな」

普段はしんどい雑巾掛けも、この時ばかりは楽しかった。

朋が家に帰ったら九時をまわっていて、お腹がペコペコだったが、父も母も夕食を待っていた。食事をしながら父に聞いてみた。

「今年はなにが一番よかった？『誰か故郷を想わざる』？」

「うん、『秋のさゝやき』」

父も少しは進歩したのかな、と思った。

※

この年の夏は暑かった。八月十日、その暑い中を朋たちは西山《にしやま》の奥地の開墾作業に動員され、教育学の実習として本科生を指導しながら草取り、施肥《せひ》を手伝わされた。小雨もようで蒸し暑いのが体にこたえた。

疲れきって帰宅し、夕食のあと布団に入って少し寝たと思ったら、父にたたき起こされた。

「警戒警報だ、起きろ」

「ケイカイ……?」

「寝ぼけるな、空襲が来る」

いっぺんに目が覚めた。常夜燈の薄暗い光で時計を見ると十一時を回っている。

いそいで防空頭巾をかぶり、救急袋を肩に掛けていると、

「なにをグズグズしている」

と玄関から父が怒鳴ってきた。星も見えない暗い中を玄関横の防空壕に走り込む。狭い庭に父が手作りした防空壕には昼間の暑さが淀んでいた。

「クリがいないじゃない」

「犬なんか構ってるひまはない。ほうっておけ」

「だめよ、だいじな家族じゃない」

クリは玄関横の犬小屋で寝ていた。防空壕に抱いてきたら遊んでもらえると思って、顔をペロペロ嘗めてきた。

「こんな何もないところを空襲するでしょうか?」

騒々しい父に母は少し不満らしい。

「分かるものか、夜に爆弾を落とすんだぞ。どこに落ちるか分かりっこない。流《なが》れ弾《だま》が落

ちてこないとも限らないんだ」

なるほど、と思った。軍艦をつくる造船所は長崎湾を挟んで向かい側だったし、そこには今、制式《せいしき》航空母艦の「天城《あまぎ》」がいる。そうしているうちに、空襲警報の低い、くぐもったサイレンが湾のなかに響いた。それは、とり囲む山々に木霊《こだま》して、湾全体がどよめくようだった。

「本当に空襲が来るんだ」

「六月と七月には福岡に来たからな」

警戒警報は何度かあったが、空襲警報は市女のときに一回あったきりで、本当に敵が爆撃に来るとは思ってもみなかった。怖いというより、信じられない気持ちだったが、米軍のＢ29は中国の奥地から飛んでくることができたのだ。

「蚊がいるな。蚊取り線香はどこだ?」

「蚊取り線香は家のなかですよ」

「なに、持ってこなかったのか」

「そんな暇ありませんよ。あなたが急《せ》かすから」

「よし、俺が取ってくる」

「危ないですよ、止《よ》してください」

父が小走りに出たあと、サイレンはいっそう重く不吉に響く。やがて父は常滑《とこなめ》の蚊遣《かや》り豚をさげて帰ってきて、まっくらな防空壕のなかに一点だけ赤い火が光った。赤い光を見つめているうちに遠くから飛行機の爆音が聞こえてきた。恐怖を呼び起こす重い爆音は、次第に近くなり、ついに星の見えない曇った空のうえで朋たちを押し潰すほどに高まった。暗い壕のなかで見上げた爆音は、しかしそのまま通り過ぎて行った。

「通り過ぎたな」

という父の言葉の終わらないうちに、対空砲火の花火のような音と、続いてズシンと腹に響く爆弾の音が聞こえてきた。攻撃目標は遠くはなれた場所らしい。

「どこを狙ってるんだ？　見てくる」

「あなた、おやめなさい。ここにじっとしていてください」

「なに、大丈夫だ」

防空壕の外に立って周りを見ていた父が、

「なんだ、彦山を爆撃しているぞ」

彦山なら家から二キロは離れている。

「何もない山をなんで爆撃するんだ?」

父の言葉につられるように朋が出てみると、彦山の上が光の乱舞だった。雲の上から焼夷弾がユラユラと燃えながら落ちてくる。稲佐山《いなさやま》や金毘羅山の高射砲陣地から撃ちだされた対空砲火の曳光弾《えいこうだん》が、光の矢になって雲のなかに飛び上がっていく。対岸の造船所のドックからも完成間近の空母が対空砲火を束にして放っている。砲弾は限りもなく雲のなかに吸い込まれていくのに、それが敵機に打撃を与えているようには見えなかった。地上に堕《お》ちた焼夷弾や爆弾は、無数の火の粉を空一杯に散らし、山は敵味方の光に照らされ、炎は雲の底を赤く染めた。

現実に今、人が傷つき死のうとしているのに、それは妙に現実感のない、美しい眺めだった。爆発の光と大きくズレた爆発音が一層に現実とは遊離した光景に見せていた。しかし、あの火の粉に包まれた彦山の麓には寺町があって、ヤッチンやシノちゃんの家がある。そのことに気づいたとき朋は初めて恐怖した。彼女たちはどうしているだろうか?無事だろうか? 朋は話す言葉をなくして呆然と光の流れを見つめていた。

※

長崎への初めての空襲は大きな被害もなく終わったが、長崎の防空体制は厳重に強化され、九月に入ると夜十時以降は灯火管制で街が闇になった。九月の彼岸に学校では、在校中、在職中に亡くなった生徒や職員を悼む追悼会があった。遺族も招いて行う毎年の彼岸の行事だった。去年は校長の交代があり、ごく小規模だったが、今年はいつもどおりのやり方に戻した。講堂のステージに祭壇が設けられ、物故者の遺影が祀《まつ》られ、供物が供えられている。全校生徒、職員のまえで代表の四年生が弔辞を読み上げる。今までは結核で亡くなった人がほとんどだったが、このごろは召集されて戦死した職員も増えた。遺影の二人は戦死者だった。この遺影の前で合唱部は祭霊歌《さいれいか》を歌う。

朋には祭霊歌は初めてだった。しめやかな歌を歌いながら朋は、この春病気で退学していった級友のことを想い出していた。彼女はまだ病気と闘っているだろうか？　一人で家にいるのだろうか？　胸の病気には栄養が一番だというけれども食糧難のなかでご飯を食べられているだろうか……？

祭壇のまえに並びながら、朋はミサちゃんがいないことが不審だったので、解散のあとでヤッチンに聞いてみた。

「ミサちゃんはどうしたの？」

「お兄さんが戦死なさったんですって」

「えっ」

「緬甸《びるま》（現ミャンマー）北部方面において戦死、って公報が届いたんですって。それで今日はお兄さんのお葬式なの」

隣で聞いていたチエちゃんの顔色が青ざめた。きっと戦闘機に乗っているお兄さんのことを思ったのだろう。

「そんな。なんにも言ってなかったのに」

「ミサちゃんの性格だとこんなときも『お国のために、立派に名誉の戦死を遂げました』って強がると思うけど、そういうのが嫌だから何も言わなかったんじゃないのかな」

「そうだったの」

「ミサちゃんも一番上のお兄さんが亡くなって、これから大変になるだろうな」

朋は祭壇にもう一つの遺影が並んでいるのが見える気がした。

太平洋戦争は日本にいよいよ不利だった。七月にはサイパン島が、八月にはテニアン島が米軍に占領された。これらの島を基地にすれば米軍のB29は東京でも、大阪でも、長崎でも思いのままに爆撃できる。サイパン島という絶対防衛圏を守れなかった東条《とうじょう》内閣は退陣し、小磯《こいそ》内閣に代わった。戦争は人々の上にさらに重くのしかかり、国は生徒の勤労動員を年一カ月から四カ月に改めた。朋たちにも、十月二十日から四カ月の動員命令が出された。造船所 幸町《さいわいまち》工場で船の部品を作るのだという。同じ日に本科三年生が兵器製作所茂里工場と大橋《おおはし》工場に動員になり、昭子先生が監督教師として付くことになった。

朋は、動員の覚悟はできていた。学徒隊として役立てる誇らしさは春の動員と変わってはいなかったし、それに、サイパンが失陥して以来、どこからともなく本土決戦という言葉が流れ出し、いつからか一億総戦力の掛け声が聞こえていたから、女学生も戦力にならなければ、と決意していた。しかし、実際に命令が来ると少し寂しかった。しばらくは学校とはお別れになり、なにより部活動に参加できないのが悲しい。春の一カ月に比べて四カ月は長すぎる。みんなも心なしか沈んだ顔をしている。ミサちゃんは、いつもどおり元気を装っていたが、葬式以来、笑顔の輝きが曇っていた。そんなミサちゃんがぽつんと呟いた。

「せっかくの秋なのに、なにもかもが中止になっちゃったね」

「運動会も市内の文化祭も、みんな無くなって……」

シズちゃんが寂しそうに応える。

「なにより長崎くんちが取りやめなのが寂しいわよ。動員されたうえに楽しいことなんか、な〜んにも無くなっちゃったじゃない」

「戦争だから仕方ないじゃない」

「私たちは戦争に青春を奪われたのね」

「ミサちゃんはどんな青春を期待していたの？」

「すてきな男の人と出会って、恋をして、二人で夜の海辺を歩くの」

「まぁ、ロマンチックね」

「祭りも何もかも無くって、毎日工場じゃあ、すてきな出会いなんて出来ないわ」

「前の坂道を歩けば経専生と出会えるわよ」

「経専生ねぇ……趣味じゃないわね。お祭りはしょうがないけど、芸術の秋なんだから、せめて展覧会ぐらいあってもいいのに。そうしたらすてきな絵のまえで、すてきな男の人と出会えるのに。昭子先生、なにかロマンチックなこころを満たしてくれること、無いですかね」

「なんにも無いわね」

二人の会話を面白そうに聞いていた昭子先生が笑いながら言った。

「展覧会といえば、先生はカメラを持っているでしょ、撮った写真は発表しないんですか？」

とシノちゃんが興味をひかれた様子で尋ねた。

「あらカメラを持っているところを見てたの？」

「ええ、前に興福寺《こうふくじ》で」

「私は自分で楽しむだけ。他人《ひと》には見せないの」

「そんなぁ、見てみたいなぁ」

シノちゃんがせがんだ。

「すこしは芸術のこころを満たさせてください」

ミサちゃんもお願いする。

「私の写真は芸術なんかじゃないわよ」

「いや、芸術にはこだわりませんから見せてください」

「先生の撮った写真だから見たいんです」

とヤッチンも身を乗り出して加わる。

「そう、ちょっと恥ずかしいけどな」

「大丈夫ですよ、私たちと先生の仲じゃないですか」

ヤッチンが食い下がった。

「そお、じゃあ見せようかな」

「お願いします」

「それじゃあ、今度の練習のあとにね」

「わぁ、嬉しい！　約束ですよ」

「約束しますよ」

つぎの日曜日の練習のあとに、昭子先生は約束どおりにアルバムを見せてくれた。

アジサイ、桜、牡丹、クルメツツジ、ミヤマキリシマ。花の写真が多かった。白黒の画面からこぼれ落ちそうに咲いている花々は、色鮮やかだった。神社の鳥居、寺の山門、夕日に輝く石畳。長崎市街の周辺は要塞地帯だから街を遠景した写真はない。霧氷、森の中の池、岩間にたち込める湯気。

「これは雲仙《うんぜん》ですね」

島原高女出身の一年生が風景写真に目をとめて尋ねた。

「そう」

「雲仙の写真が多いですね」

「雲仙温泉が私の故郷《ふるさと》だから」

「雲仙温泉かぁ、いいなあ。雲の上の避暑地じゃないですか」

「毎日温泉に入れますね」

もう一人の一年生が羨ましそうに言った。

「そうね、県女に入学するまでは毎日入っていたわ。それだけは嬉しかったわね」

霧の上に浮かぶ山の写真を見ていたシノちゃんがポツリと、

「雲仙《うんぜん》の山《やま》を眺《なが》むる朝霞《あさがすみ》　ここに学《まな》びて童《わら》べなりにし」

すかさずミサちゃんが、

「何それ？」

「北原白秋《きたはらはくしゅう》」

「へ～～え」

そんな二人を横目で見ながらヤッチンは、

「お家《うち》は旅館主《りょかんしゅ》だったんですか？」

「ううん、だったらいいけどね。父親は、まあ番頭といったところかな。その父が写真が好きでね。初めはお客さんに頼まれて撮っていたのが、そのうち面白くなってきて、自分で撮りだして。風景写真を売ったりして、こづかいを稼いでいたわ。その父の写真を見て私も始めたの。カメラも父のお下がりだし」

「風景写真ばかりなんですね。人は撮らないんですか？」

みんながヤッチンと昭子先生の会話に耳をそばだてる。

「人間は上手に写さないと怒るでしょ。花や山はどんなふうに撮っても黙っているから」

「でも、どれも上手に写っていると思うけどな」

「まだまだダメね、素材の持ち味が全然生きていない。写真も音楽も、その素材、楽曲の持ち味を引き出して生かさないとダメよね」

「こんなにアルバムがたくさんで大変ですね」

「そう、フィルム代が大変ね。このごろはそのフィルムが手に入らなくて、おしみおしみ撮っているの」

「私たちも写してもらいたいなぁ。こんどみんなで一緒のところを」

「そうね、こんどフィルムが余ったときにね」

「そんな、余りもののフィルムなんてひどいです」

ヤッチンが頬を膨らませた。

「冗談ですよ。みんなが一緒のところをね。次の演奏会とすると創立記念日になるかな」

「嬉しいです、お願いします。約束ですよ」

「約束しますよ」

十一月の創立記念日も行事が中止になったので、この約束は少々先延ばしになった。

※

朋たちの工場動員の日が来た。本科三年生も兵器製作所に動員されて、県女全体に軍需工場への動員が拡大しようとしていたから、学校側はそれぞれの工場につぎのことを申し入れた。①クラス単位に集団で仕事をすること。②男工と交わらぬようにすること。③生徒の安全・健康を確保すること。

生産を優先する工場がこれをどれほど守るかは疑問だったが。

動員の初日は入場式から始まる。それは春の電機製作所のときと同じで、ヤッチンの生徒代表の誓詞までもが、ほとんど同じだった。違ったのは工場幹部の紹介のあとに工場体

操の指導があったことだ。鋳物工場の主任を名乗る、もう若からぬ男が、

「工場では体の円滑で機敏な動きが怪我や事故を防止する。始業時と午後の休憩のときには毎日行うのでしっかり覚えるように」

と前置きして、炭坑節の踊りを思わせる体操を披露した。

式のあとに健康診断があった。身長、体重、胸囲、握力、肺活量、視力が測られ、工場医が診察する。胸の病気はないか、トラホームに罹っていないか、重い労働に耐えられる体力はあるか。それぞれの健康状態に応じて職場に振り分けるという。

幸町工場の中は機械工場、鋳物工場、メッキ工場などのいくつかに分かれている。造船所といいながら、ここには船が一隻も見当たらない。ここでは部品の製造を行い、船体の組み立て・建造は飽ノ浦《あくのうら》の工場でやるという。軍艦や油槽船《ゆそうせん》のスクリューシャフトをも削り出すという旋盤《せんばん》の巨大さには圧倒されたが、しかし、そうした大型機械はほとんど動いておらず、作られているものはどれも小さなもので、船というよりは「艇《てい》」というべきものの部品ばかりだった。

工場の配置を見学しながら驚いたのは、働いている人の多くが勤労動員の若い人だったことだ。およそ三割以上は学生や生徒のように見えたし、女子挺身隊《じょしていしんたい》の女性や、国民学校

を出たてのような小さな子供までも働いていた。徴用された中高年も多かった。彼らは商業や事務で半生を送ってきた人々で、力仕事とは無縁だったろうに、工員に怒鳴られながら働いていた。正規の工員も、ほとんどが徴兵年齢を過ぎたような年配者だった。こんな人々が軍艦や船をつくっていたのか、と心もとなかったが、そうした中だからこそ自分たちがしっかり働いて、お国の役に立たなければ、と朋は気持ちを新たにした。

専攻科五十六名は機械工場に回された。広く、部門の多い機械工場に十いくつかの班に分かれて配属されたから、合唱部の七人が顔を合わせられるのは朝礼と夕方の退場のときしかない。仕事はヤスリ掛けの重労働だった。鋳物の凸凹《でこぼこ》だらけの部品は、女学生の力ではいくら掛けても平らにならない。重たい部品を木の箱に入れて運ぶのも朋たちの仕事だった。能率が悪くても、時間が掛かっても、仕事はヤスリ掛けだった。

造船所の機械工場などは人間の居られる場所ではない。最初に入ったとき、騒々しさに辟易した。旋盤やフライス盤などの工作機械の騒音、部品同士をハンマーで叩いて組み合わせる衝撃音、頭上を走っていくクレーンの轟音。大きな声をださないと隣の人とも会話ができない。工場内は工作機械の巻き上げるホコリに満ちている。作業場はいつも薄く霞みがかり、窓から差し込む光が縞をつくった。光も暗い。電力の不足から、電燈は必要最小限にしか点けられず、巨大な建屋の中は一日中夕暮れのようだった。

最も耐えがたいのは臭いだった。金属を削った青くさい臭い、舞い上がったホコリの臭い、機械油の臭い。その機械油の多くは鯨油《げいゆ》や魚油《ぎょゆ》から作った代用品で、生臭い異様な臭いがした。窓にガラスの入っていない工場は吹きさらしで、そろそろ寒くなりかけた風が騒音を運び、ホコリをまき散らし、悪臭を隅々に広げていった。

朋の働く部門の組長は、なによりも生徒の怪我に注意をしてくれて工場体操に熱心だった。しかし、組長の注意にもかかわらず、時々怪我人が出た。重い鉄材を落として指を潰した、ヤスリが滑って腕を切った、工場体操で振った腕が機械に当たって生爪をはがした……。生徒が怪我をした、と聞くたび監督教師の角田先生は、おろおろと走ってきて、恐る恐る傷にマーキュロクロムを塗り、震える指で動員日誌に「本日○○子負傷」と書き入れるのだった。そして、先生は日誌に「本日特記事項なし」と書けることを毎日願っていた。

四カ月の動員は長い。まだ一カ月しか経っていないのに、厳しい重労働、粗末な給食、騒音、ホコリ、悪臭は生徒たちの気力と体力を削いでいき、疲れを訴える人や下痢をする人が多く出た。疲れが増すにしたがって、角田先生の願いには反して、ささいな不注意で怪我をする人が増えたし、十二月に入って急に気温が下がると、薄いスフ（レーョン）の作業着で働く生徒のなかには風邪を引く人も出始めた。このままでは動員が終わる前に体の弱い生徒は倒れてしまいそうだ。

だからヤッチンは生徒を代表して、工場の学徒動員担当主任に掛け合った。

「生徒全員が一律に機械工作の仕事をしているのはおかしいと思います。体力や適性に応じて仕事を変えるべきです。体力の無い人には、たとえば製図や事務の仕事をもらえないでしょうか」

「今、一番人手が欲しいのは工作現場なんだ。現場で働いて欲しい」

「でも、仕事に合わない人を働かせていても能率は上がらないと思います。製図室には力の強そうな男の人がいます。その人たちと替わっていただけないでしょうか」

「製図作業なんて、すぐにできる仕事じゃない」

「やってみなければ分かりません。入場式の日に身体測定をしたのは何のためでしょうか。体力、体格に応じて仕事を分けるためだったのではないでしょうか」

「うるさいな、学問をした女はこれだからイヤなんだ。使いにくくてかなわん」

主任はそう言いながらも、製図と工作機械の稼働率調査の仕事を女生徒や女子挺身隊に回してくれた。中年の男子工が眼鏡をずり上げながら描いていた図面は、線が一本だか二本引いてあるのだか分からないしろものだったが、生徒に代わってからすっきりした線で見やすくなったと好評だった。計算間違いだらけの稼働率も正確になり、そのほかにも部品の在庫管理やネジの払い出しなど、大の男がやらなくてもいい仕事がいくらも出てきた。

そうして、朋たちが造船所でヤスリを掛けている間に戦艦武蔵《むさし》が撃沈された。フィリピンに上陸する米軍を阻《はば》もうとしたが果たせなかったのだ。

武蔵は三菱重工業長崎造船所で極秘に建造された艦《ふね》だった。昭和十三年に起工されたとき、その船台は棕櫚《しゅろ》縄で隠され、造船所に向かう家々の窓は塞がれ、長崎の市中に警官や憲兵の監視の目が光り、街中が暗く重苦しくなった。船台に向かって立ち止まっているだけで警官に咎められることもあった。長崎市民の多くが建造に携わった艦でありながら、それが浮かんでいる姿を見た人は殆どいなかったし、「武蔵」の艦名も知られることがなかった。武蔵は人に知られず誕生し、知られずに沈んでいった。

そして、武蔵が沈んだ翌日、もう一隻の戦艦「扶桑《ふそう》」が沈んだ。艦齢二十九年の老朽艦だったが、連合艦隊最後の決戦に駆り出されて駆逐艦の魚雷を受けたのだった。この艦にミサちゃんの二番目の兄さんの勇二郎《ゆうじろう》が乗っていた。ミサちゃんは、これで兄さんを二人とも戦争で失った。勇二郎兄さんの戦死公報が届いたのは年が明けてからだった。

※

朋たちが造船所で苦労しているとき、昭子先生も兵器製作所で苦労していた。昭子先生は本科三年生の監督教師として大橋の工場にいたが、ここも造船所と同じに過酷な現場だった。騒音、ホコリだらけの臭い空気、溶鉱釜《ようこうがま》の熱、そうした中で十四、五歳の少女たちは働かされていた。

大橋工場はそのとき市内北部の住吉《すみよし》に疎開を始めていた。八月初めの空襲以来、長崎がふたたび空襲されるのは必至で、真っ先に攻撃されるのは兵器工場だったから、住吉の丘にトンネルを掘って工場を分散させようとしていたのだ。

生徒の何人かが、このトンネルで機械の据えつけをやっていたが、付いて行った監督教師に殴られる事件が起きた。その日は長崎には珍しく気温が氷点下まで下がった。寒気に耐えかねた工員が、換気の悪いトンネルの中で薪ストーブで燃やした材木の端材から猛烈な煙が出て、息苦しくなった何人かの生徒が外に出たところを教師に「なぜ持ち場を離れたか。辛抱が足りん」と殴られたという。初めての動員で不安なうえに、教師に殴られて生徒はショックを受け、翌日から数名が欠席した。

昭子先生は三年生の副担任でもあったから、監督の柏葉《かしわば》教諭に抗議した。

「勝手に持ち場を離れたことは謝ります。しかし、職場の環境が悪すぎます。殴る前に安全に働けるように改善を申し入れるべきです」

「あの工場で働いているのは我が校の生徒だけではない、他校の中学生も働いている。彼らは苦情を言わずに働いているではないか。年老いた工員も同様だ。少々空気が悪いだけで逃げ出すのは辛抱が足りない、我慢がない。だから殴るのだ」

「だからと言って、いきなり殴ることはないと思います」

「殴らなければ分からないから殴るのだ」

「口で言えば分かります」

「こうしたことは頭では理解できない、殴ってでも体で覚えさせるしかない。特に若い人は我慢というものが身についていない、口で我慢しろといってても理解はできんさ。言葉を理解しない牛馬でも叩けば体で覚える」

「生徒は牛馬ではありません」

「我慢ができない、忍耐がないことでは牛馬とおなじだ」

「口で話して悟らせなければ自主性が育ちません」

「自主性が育つのを待てるのは平和な時のはなしだ。非常な戦時にはそれ相当の教え方をしなければならない。悠長に自主性を育つのを待っている暇はない。もしここが戦場だったらどうなる。行軍に疲れたからといって我慢できずに腰を下ろしていたら置いてきぼりにされ、敵に囲まれて命を落とすことになる。空襲のときに、息苦しいからと防空壕を抜けだしたら爆弾にやられてしまう。今の時を生き抜くためには、なんとしても忍耐と我慢を身につけなければならないんだ。煙の中でも、熱の中でも耐える力、それが命を守る」

「でも、暴力で、恐怖で覚え込ませるのは間違っていると思います」

「暴力を使ってでも、恐怖を与えてでも我慢や忍耐は身につけさせる必要がある。君や佐々木先生のやり方は生徒の受けがいいかもしれない。生徒に好かれるやり方だろうが、そうしたやり方は戦争が終わってからゆっくりやるといい。今は生徒が嫌おうと、生きるために必要なものを身につけさせることが先決だ。そのために、私は生徒から憎まれてもよいと思っている」

「でも先生のやり方は生徒を信じないやり方だと思います。彼女たちは話せば分かってくれます」

「生徒を信じるとか、信じないとかは、どうでもいいことで、要はいかに早く必要なことを体得させるかだ。何度も言わせるな。君も副担任ならば状況に応じたやり方を取れるようにならなければいかんだろう」

『今は耐える力が必要だ』という柏葉先生の言葉も分かる気がしたが、それでも生徒を信じたかった。だから、昭子先生は返す言葉を無くしていた。

朋たちが動員になっている間にニレさんたち三年生が引退する日がきた。今年の三年生は六月の『夕べ』だけが唯一の演奏会で、市の文化祭も創立記念日も何もかもが中止になってしまった。十月まで工場動員で、練習もたまにしかできなかったし、入れ替わりに朋たち二年生がいなくなったから、まともな部活動はほとんどできなかった。歓送会さえやれなかった。三年生で教師になれたのはニレさんだけで、あとは女子挺身隊で勤労動員が継続されるらしい、と噂が流れた。なにもかも戦争に持っていかれた三年生だった。

合唱部は朋たち二年生に引き継がれ、ほとんど自動的のようにヤッチンが部長に、シノちゃんが副部長に決まり、そして、自動的のようにミサちゃんがアルトのリーダーに決まった。しかし、引き継いだ二年生が動員で日曜にしか練習に来ないのに、部をどうやって続けていけばいいのだろうか。三年生の引退がひそやかならば、二年生への引き継ぎもひそやかだった。

その日、十二月二十四日、ヤッチンは式見《しきみ》に来ていた。式見は長崎の北西七キロほどにある海辺の村で、そこに行くには大波止《おおはと》から渡海船《とかいせん》を使うのが普通だった。今日はクリスマスイブで日曜日だったから動員と部活は休みになった。長崎はカトリックを中心にクリスチャンが多く、戦時中でも家々でクリスマスが守られていたから、日曜日でもあり工場を休みにするところが多かった。ヤッチンは朝いちばんの船に乗って、一時間ほどかけて式見の港にたどり着いた。木造の漁船ばかりの港には、魚のにおいが染みつき、年の瀬の晴れた空の下に小さな船が上下に揺れている。小さな漁港の船はどれも古くてみすぼらしかった。

ヤッチンが式見に来たのは小豆をもらうためだった。彼女の家の神社では、正月の初詣にきた氏子に汁粉を振る舞うのを恒例にしていたが、食糧事情が悪くなった今年は小豆を手に入れることが難しかった。それでも幸い、氏子の親戚が式見に居て、そこから分けてもらえるというので、彼女が受け取りに来たのだった。

用件は早く片付いた。訪ねた先では小豆を準備して待っていてくれたし、餅も分けてくれた。昨今、餅は貴重品だったのに、八幡神社には世話になったから、と言って特別に分けてくれたのだ。

港に戻ってくると、十時半発の大波止行きの便には時間があったので、桟橋横の切符売り場で待つことにした。晴れていた空に雲が出て、時々チラチラとした雪がゆるやかな風に流されていた。

待合所の小さな小屋の中で、ヤッチンはリュックから楽譜を取り出した。楽譜は合唱部の二年間で使ってきたもので、所々赤鉛筆で書き込みのあるそれは、彼女にとって宝物だった。佐々木先生からの指示が書き込まれていたり、自分で考えた歌い方も書いてある。久しぶりに時間ができたので見直そうと思って持ってきたのだ。楽譜をめくりながら、その曲を歌った演奏会や、書き込んでいたときのことが思い出され、ここは、こう歌えばよかったな、と新しい書き込みを思いついたりした。

楽譜をめくっているうちに待合所に人が増えてきた。入りきらない人は外に立ちながら船を待っている。クリスマスや正月の買い出しにきた人もかなりいるらしい。待っている人々はみんな大きな荷物を持っている。市中では手に入らない米も、式見や三重《みえ》までくれば値段は高くても買えたのだ。一斗缶を三つも背負った人は担ぎ屋だろう。大人に混じって何人か国民学校の児童がいた。近くに疎開している子が冬休みに入ったので家に帰るらしい。今夜は久しぶりで家族が揃ってイブを祝うのかな、と思った。

船はなかなかやってこなかった。明らかに遅れていて待合所の人々が騒ぎ始めた。

「油が無くて動かせねえんじゃねえのか」

「動かせなけりゃ動かせないで、連絡ぐらい寄こせばいいのに」

「油が無いからって減便しといてさぁ。減便したって客の数は減らないんだから、時間通りに来て欲しいよ」

「ほんとうに来ねえなぁ、アメリカの魚雷で沈められたんじゃねえのか?」

「あんなボロ船、わざわざ魚雷で狙う馬鹿はいねえよ」

船は出港時間に三十分以上遅れてやってきた。二十メートルほどの木造船は所々ペンキが剥げ落ちていて、朝乗ってきた船に比べると相当の老朽船だった。一つ手前の三重が始発なのに、すでにかなりの乗客が乗っている。

早くから待っていた甲斐があって、ヤッチンは客席甲板の下の客室に座ることができた。これで潮風に晒《さら》されずに済む。遅れて到着したのに、船はなかなか出発しなかった。乗客も、手荷物も多くて乗船に手間取っている。客室も甲板もすぐに人と荷物でいっぱいになった。

見直していた楽譜から目を上げると、客席甲板の隅に県女の本科生が四人ほど固まって座っているのが見えた。私服のときは学校の略章を左胸に付ける決まりだったから、県女の生徒はすぐに分かる。一年生と三年生らしく、これから寄宿舎か下宿に帰る様子だった。明日が終業式だから、今日街に帰って、とんぼ返りでまた家に戻るつもりなのだろう。彼女たちもヤッチンに気づいて軽く頭を下げてきた。四人のなかの一人、一年生だろうか、赤いコートを着た娘《こ》が蒼い顔をしていて、周りの三人がしきりに顔を覗き込んでいる。ヤッチンは三年生の一人を手招いて聞いてみた。

「どうしたの？」

「一年生の娘《こ》が風邪気味で寒いと言っているんです。すこし熱もあるようです」

「甲板は風が来るから寒いでしょう。席を替わるから彼女をよこして」

赤いコートの一年生はなるほど風邪らしく、うるんだ目をしてヤッチンに、

「ありがとうございます」

と頭を下げ、座るとすぐに小さく丸まった。

ヤッチンは客席甲板の一番後ろに出て、本科生たちの横に並んで座った。本科生たちは代わるがわる「こんにちは」とヤッチンに挨拶してきた。

「みんなは寄宿舎?」

「いいえ、寮生はこの娘《こ》だけで、あとは下宿です」

「この船はいつもこんなに混むの?」

「いいえ、今日は特別です。買い出し客が多いようです」

「そう」

定員八十人の船なのに、隙間なく乗り込んだ乗客は、少なく見ても二百人はいそうだったし、荷物もいたるところに積み込まれている。そんな船にまだ乗ろうとする客と船員がやり合っていた。

「もう満員だ、これ以上は乗れない。止めろ」

「便所の横にでも立っているから乗せろ」

「そんな大きな荷物を担いでいたんじゃ駄目だ、降りろ」

そんなやり取りを見て桟橋から立ち去っていく人もいた。腕時計を見るとすでに正午に近かった。桟橋のうえで何事か話し合っている船員と船会社の職員に、「早く出せ。もう一時間半も遅れているじゃないか」と怒声が飛ぶ。船員たちは、まだためらっている様子だったが、やがてもやい綱が解かれ、汽笛が鳴ると、船はゆっくり重たそうに桟橋を離れた。

沖に出ると風が思った以上に強かった。ヤッチンは楽譜をリュックに仕舞いコートの襟を掻き合わせた。船はノロノロと南へ下り、岩が入り組んだ白い崖の海岸線が手熊《てぐま》、柿泊《かきどまり》と続く。来るときは気にならなかった波が、うねるように大きい。青黒い波は次々と西から押し寄せてきて、船が左右に揺れた。竜ヶ崎《りゅうがさき》の岬が大きく見えだしたころから強い北西の風を受けて、船はさらに大きく揺れ始めた。客席の所々で悲鳴が上がる。

「いつも、こんなに揺れるの?」

「いいえ、こんなのは初めてです」

答えた三年生も顔をこわばらせている。〝初めて〟という言葉に不安が大きくなる。船は大きく揺れながら南に進み続けた。人々は投げ出されないように船にしがみつき、ヤッチンも船縁《ふなべり》を強く握りしめた。掴まるもののない人が転がらないように伏せ始め、何人か子供の泣き声が上がる。

波の間で左右の揺れはますます大きく、ゆっくりになって、傾いた船はなかなか起き上がらなくなってきた。荷物のいくつかが海に落ちる。そして、ついに、青黒い波が甲板を洗って行き、大きな悲鳴が上がった。

「岸に着けろ!」

誰かが怒鳴った。小江小浦《こえこうら》の港に逃げ込むしかなかった。しかし、二度三度と波をかぶるうちに船は右側に傾き始めた。傾きは徐々に増して、人が右舷《うげん》にこぼれ落ちる。ヤッチンは船縁を抱き抱えるようにしがみついた。足元から楽譜と小豆の入ったリュックが滑り落ちていくが、それを庇《かば》っているゆとりはない。

体がゆっくり持ち上げられるのを感じ、海面が低く見えたとき、人と荷物がずり落ちる騒音と、大きな悲鳴を聞いた。次の瞬間、急に体が落ちて、船ごと海面に叩き付けられた。転覆だった。海に落ちたと同時にヤッチンは船縁を蹴って船から離れた。しかしその時、何かが強く左の太腿を打った。客室の屋根がぶつかったらしい。浮かび上がったとき、船は右舷を下にして沈みかけているところだった。二つに折れた船は、屋根が外れて平たい客室甲板が見えていて、中央部分を中心にゆっくり回りながら没しようとしていた。その客室入り口に赤いコートが見えた。

ヤッチンは思わず「早く」と叫んだ。

赤いコートは半分沈んだ狭い出口に手こずっているらしく、なかなか出てこない。

「早く！」

もう一度叫んだ瞬間、回転を速めた船は出口を隠してしまい、そのままゆっくりと沈んでいった。周りには多くの人が漂い、積み荷だった一斗缶や樽や、壊れた船の木材にしがみついていた。ヤッチンも手近にあった角材を掴むことができた。ふと見ると、さっき甲板で一緒だった一年生がリュックを抱えて溺れかけている。

「これに掴まりなさい」

角材の一方を差し出したが、リュックを抱えたままの生徒は手が届かずに、なおもアップアップしている。

「そんなものは手放しなさい」

「でもお米が」

「お米なんて言ってるときじゃないでしょ。お米より命を取りなさい」

（私だって大事なリュックを捨ててきたんだから）

と心の中で呟いた。

その生徒はやっと両手で角材に掴まった。生徒を手元に手繰り寄せながら、

「泳げる？」

「いいえ」

「ぜんぜん？」

「はい」

どうやら学校は水泳教育を疎かにしているらしい、水泳よりも勤労奉仕ということだろうか。

（水泳は県女の得意種目だったのに。水泳部は明治神宮の大会にも出場したことがあるのに）

ヤッチンは泳げない一年生のいる今の県女が情けなくなった。海水は思ったより温かったが、時間が経てば体温を奪われるだろう。救助はいつ来るだろうか？　この波の中を本当に来るのだろうか？　頭をめぐらすと小江小浦の浜まで二キロくらいの距離だった。それくらいの泳ぎは遠泳の授業にくらべれば平気だが、泳げない一年生を連れて泳ぎ切ることができるだろうか？　しかし、いつ来るか分からない救助を待つよりは確実に思えた。身軽になるために水中にもぐってコートを脱ぎ捨てた。そのとき左足にジンジンと

した痛みを感じた。今まで夢中で、怪我に気がつかなかったらしい。一年生を角材に掴まらせておいて、襟首を掴んで浜に泳ぎ始めた。

「あなた、名前は？」

「宮崎都子《みやざきみやこ》です」

「下宿なの？」

「はい」

ヤッチンは自分を落ち着かせるために少し話をしたが、疲れるから止めにした。初めは都子を掴まえて横泳ぎをしていたのが、大きな波に揺られると海水が口に入ってくるので、上向きに泳いだ方が楽だと分かった。波の向きと泳ぐ方向が同じなので、波の動きに身を任せる。

都子の襟首を掴まえて上向きに泳いでいると空が見えた。昼ごろは曇っていた空が晴れてきていて、年の瀬の太陽が低い高度から弱々しい陽ざしを落としている。青い空の中を雲が驚くほどの速さで流れていた。

不思議に怖さや不安は無く、まぁ、しょうがないか、という諦めのような思いがあった。左足の痛みはますます激しく、腰から下がしびれる感じが出てきたから右足と左手だけで泳ぐしかなかった。岸に着くまで持ってくれるといいが……。

どれくらい泳いだだろうか、と見ると岸はほとんど近づいていない。がっかりするだけだから岸を見るのは止めることにした。左手に見えている太陽の位置さえ違えなければ、まっすぐ浜に向かっているはずだった。しかし、気を抜くと太陽は思いがけない場所にあり、そのたびに方向を直すのに体力を奪われた。

辺りは不思議に静かだった。人々の叫び声も泣き声も聞こえず、風も波の音もしない。ただ時々、自分が水を掻く音がチャプンと聞こえるだけだった。船が沈んだ辺りを見ると、沢山の人が漂っていて、その表情が見分けられないくらい遠い。人々は一塊《ひとかたまり》になって浮かんでいた。

(あそこにいた方が良かったかな)

少し後悔しかけたが、都子を抱えて弱気になってはいられない。しかし、泳いでいれば温かい、と思っていた体が少しずつ寒さを感じだしていた。

(本当に岸にたどり着けるだろうか?)

押し殺していた疑問が頭に上ってくる。

(遠泳の授業は夏だったし、こんな波の中を泳いだことはなかったし……)

寒さが募るにつれて自信を無くすことばかりを思いつく。

それを振り捨てるようにして、

(私がダメになっても、この娘《こ》は角材に掴まっていればきっと助けてもらえるだろう、それでいいか……。ここで沈んでも思い残すことはないな。県女の生活は楽しかったなぁ。戦争がなかったらもっと楽しかっただろうけど……。私だけじゃないから、しょうがないか。合唱部はもう少しやっていたかったな。でも、あとはシノちゃんが上手に引き継いでくれるだろう……。お父さんとお母さんが悲しむだろうな。それだけがいやだな……)

少し薄らぎかけてきた頭の中で、そんなことを取りとめもなく考えながら泳ぎ続けた。

長い時間が経ったのに岸はまだ遠いらしい。波の上に押し上げられ、波間に落とされ、そんな上り下りを何回繰り返しただろうか。足の痛みはますます激しい。

(『流れる雲も速く……』って歌があったと思うけど、あれはなんていう歌だっけ)

そんなことをボーッと考えて雲を見上げていたら、頭のうえでバシャンと水音がした。

「姉ちゃん、これに掴まれ」

驚いて振り向くと、手漕ぎの漁船が近付いていて、二人乗った漁師の一人が竹竿を差し出していた。夢中で手を伸ばしたが竿には届かない。痛む足などに構っていられず、必死で泳いだ。二度三度、手は水を叩くばかりで、じれったくなるほど腕は重い。何度目かに伸ばした手がようやく竿を捕まえ、漁師がその竿を手繰り寄せてくれた。

「この娘《こ》を先に」

都子を舟に押し出す。二人の漁師が左右から腕を掴んで引いたが、二人がかりでも人を舟に引き上げるのは容易ではない。直接水から引き上げるのを諦めた漁師は網を海に垂らした。

「これに掴まれ」

網に縋《すが》りついた都子はやっと引き上げられて、水しぶきを上げながら舟に転がり込んだ。自分の番がくるのを待ちながらヤッチンは、急に寒さが募ってきたのを感じた。

「次はあんただ」

網が下ろされるのを待ちきれずに縋りつき、ようやく二人がかりで舟に引き上げてもらえた。舟底に打ち伏して起き上がれないヤッチンを見て、

「あんた怪我してるじゃねぇか」

舟底に海水と一緒に足からの血が広がった。

「こりゃ大変だ、すぐに病院に連れて行こう」

「ずぶ濡れのまんまじゃ凍え死ぬぞ。その前に浜で乾いた着物に着替えさせなきゃ駄目だ」

「それもそうだ、手漕ぎの舟じゃあどうしょうもないしな。いちど浜に戻るか」

そんな話を聞きながら、ヤッチンは寒くて仕方がなかった。体の芯から出てくる震えを止めることができずに、ガタガタと震えながら目の前の舟板が暗く霞んでいくのを感じていた。


その日、朋はひさしぶりの休日を家でゆっくりと過ごしていた。昨夜洗った工場に着ていくスフの作業着にアイロンをかけたり、衣服の繕いをしたり、動員で忙しかった間に溜まった仕事がいくつもあった。午後から本を読んでいて、三時をまわったからお茶にしようか、と母と話しているところに病院の事務員を名乗る男が訪ねてきた。

朋が出てみると「岩代八千代さんという女性が怪我をして入院していて、栗山さんを呼んで欲しいと言っている」という話だった。

驚いて、取るものも取り敢えず男のあとについて家を出た。

「容体が悪いのでしょうか?」

朋が聞いても、

「さあ、私は事務のものだから詳しくは知りませんが、とにかく院長が身寄りを呼んでこい、というもので」

と要領を得ない。

曇っていた空には青空が見えていた。稲佐山《いなさやま》の上を雲が速く流れて行き、長崎湾は青黒く光って押し黙っている。コートの襟を立てながら朋は、

(ヤッチンが怪我をしたってどういうことだろうか？　怪我は重いのだろうか？　何で私が呼ばれたんだろうか？)

疑問と不安を抱えながら道を急いだ。

大浦天主堂《おおうらてんしゅどう》近くのそこは、病院と言うことだったが、入院用の病室を備えた外科医院だった。案内された二階の病室にヤッチンが男物の袷《あわせ》を着て寝ていた。

「どうしたの、ヤッチン」

「トモちゃんが来てくれたの、悪かったわね。病院の人に何か聞かれたようだったけど、よく聞き取れなくて、そのうちに大浦の近くに知り合いがいるかって聞くからトモちゃんの名前を出したんだけど、それでトモちゃんが呼ばれちゃったんだね。ごめんね」

「そんなことより、ヤッチンどうしたのよ」

「式見からの渡海船が転覆しちゃって。海に落ちるときに船にぶつかったみたいで足を怪我しちゃった」

「怪我は大丈夫？」

「うん」

「痛くないの？」

「痛い」

「渡海船なんかに何で乗ったの？」

「式見まで家の用事で行ってたのよ」

窓から陽が斜めに差し込んで、潮水でバサバサになったヤッチンの髪を栗色に光らせた。

「でも無事でよかった」

「うん」

陽の光が眩しいのか、眼の上に腕を載せてヤッチンは、

「私は馬鹿だね、大馬鹿だよ。おせっかいを出さなければ、あの娘《こ》は逃げられたかもしれなかったのに」

「え？　それどういうこと？　何があったの」

「船に本科の一年生が乗っていたんだけど、風邪気味で具合が悪いっていうから、私が船室の席をゆずってあげたの。転覆した時にその娘《こ》は船室から出られなくて、船と一緒に沈んだみたい」

「まあ……」

「私が席をゆずらなければ……」

「ヤッチンのせいじゃないわよ」

「うん」

「沈んだところをはっきり見たわけじゃないんでしょ」

「うん」

「もしかしたら抜け出せたかもしれないじゃない」

「うん、そうだね。そうだといいね」

腕の下から涙がこぼれ落ちた。ヤッチンの涙を初めて見た。

「お家には連絡したの？」

「まだ」

「私が電話してくるわ」

受付で電話を借りて彼女の母親に事情を話すと、驚いた声を上げ、すぐに来ると言う。

病室に戻ると、ヤッチンは腕を眼の上に載せたまま眠っているようだった。彼女の青白い頬は、まだ涙で濡れていた。

眠っているヤッチンをしばらく見守っているうちに母親がやってきた。

「八千代、どうしたの」

「うん、渡海船が転覆して怪我しちゃった」

ヤッチンが事の顚末《てんまつ》を語って聞かせると、

「まぁ、大変だったね。でも、無事でよかったよ。やっぱり私が式見に行けばよかったねぇ」

「だめだよ、お母さんだったら絶対死んでた。私でよかったんだよ」

母が持ってきた女物の寝巻に着替えて、ヤッチンはようやく少しだけいつもの彼女に戻ったように見えた。

「それよりお母さん、学校に連絡してくれない？　本科の生徒が何人か船に乗っていたの。無事だといいけど。宮崎都子っていう一年生が助かっているから、彼女に聞けば誰が乗っていたか分かるはずだって」

「分かった、そうするよ」

ヤッチンが落ち着いたのを見届けて朋が帰ろうとすると、母親は恐縮するほど何度も丁寧に頭を下げた。

この近海丸《きんかいまる》の事故は新聞の全国紙でも報道されるほどの大事件になった。

事故後すぐに近辺の消防団、漁港の船、警察が救助活動を始めたが、高い波に阻まれて思うようにはかどらなかった。一塊になって浮いている遭難者の中には船を入れることができず、周囲からロープを投げて縋りついた人を一人ずつ引き寄せるしか救助ができなかった。しかし、苦労して船に引き上げても、強い北風がずぶ濡れの人々の体温を奪い、岸辺の焚火や家々の風呂で温めても、間に合わずに陸で亡くなる人もいた。だから、ヤッチンと都子が引き上げられて素早く乾いた服を与えられ、医院に送ってもらえたのは幸運だったのだ。ヤッチンの必死の泳ぎが二人を人々の輪から抜け出させて、幸運を引き寄せたと言えた。

結局、救助された人は全部で六十五人で、乗船名簿がなかったから何人が海に沈んだか、正確には分からなかったが、最終的に死者・行方不明者は二百七十三人とされた。その中には、赤いコートの一年生と二人の三年生もいた。犠牲者には国民学校の児童、幼い子供が多かった。その子供たちの父や母のすすり泣きが家々の葬儀をいっそう悲しいものにしたが、通船会社の責任が問われることはなかった。戦争中だから仕方がない、と言うことだろうか。

※

冬休みの終わった日曜日、練習のあとで佐々木先生が新しい楽譜を持ってきて昭子先生に渡した。

「これをみんなに配って欲しい」

「題名は何ですか？　……『アヴェ・ヴェルム・コルプス』じゃないですか」

「そう、モーツアルトの」

Ｋ６１８のそれを先生が三部合唱に編曲したものだった。

「ミサ曲じゃないですか。問題になりますよ」

「ミサ曲じゃない、モテットだよ」

（ミサ曲はミサで歌われる典礼《てんれい》定型文の歌。モテットはミサ曲以外の宗教的合唱曲、讃美歌）

「どう違うんですか。キリスト教の曲なんて、非国民だって言われるに決まっています。敵性音楽を合唱部がやっているなんて知られたら廃部になっちゃいますよ」

「音楽に国境はない。敵も味方もない。あるのはいい音楽か、そうでないか、だ」

「またそんなこと言って。そんな話はまわりには通用しません」

「僕はね、彼女たちにいい音楽を経験させてやりたいんだ。童謡や唱歌や日本の音楽だけでなく、世界にはいい音楽、美しい音楽がたくさんあることを知ってもらいたい。そうした音楽を経験させずに卒業させたら、かわいそうじゃないか」

「……分かりました。ただし、部のなかだけで演《や》ってください。他人の前ではぜったいに演らないでくださいよ」

こうしてこの曲は朋たちに手渡され、みんなは美しい曲を喜んだ。昭子先生はくどいほど人前では歌うな、と繰り返していたが。

ある日、佐々木先生が一人で音楽室の整理をしているところに校長が入ってきた。校長は窓からしきりに隣の校舎を見ている。

「何か御用ですか?」

「いや、今度、校舎を迷彩塗装することになってね、工事の下見だよ」

「迷彩塗装ですか？」

「空襲除けのためにね。県庁などもやっているだろう、あれだよ」

「この白い校舎を黒白まだらに塗るんですか、残念ですね。そんなことで空襲を避けられますかね？」

「さあ、どうかね。しかし、少しでも空襲を免れて、少しでも生徒を守られる可能性があるのならば、やってみる価値はあるだろう」

「はあ」

「私たちの使命は一人でも多く生徒を育てることだ。未来の日本を支え、形作る人をね。仕事を担い、家族を守り、子供を育てて行く人たちだ。そのために学問を教え、裁縫や料理の技術を教え、体育で健康な体を作る。しかし、何より大切なのは心を育てることだ。苦労に負けない心、困難にくじけない心、問題に立ち向かう心。そして何よりも、人を大切にする心であり、友達や仲間たちと助け合い協力していく心だ。そうした面では合唱部はよくやってくれている。感謝しているよ」

「ありがとうございます」

「しかし、そうして育てた人たちにどんな未来が待っているのかね。この戦争はどんなかたちで終わるのか？　そのとき日本はどうなっているのか？　人の心は変わらずにあるのか？　育てた人たちを送り出すに値する国があるのか？　……しかし、それがどんな日本であれ、強く誠実に生きていけるように教育しないといけないのかもしれないね」

「はい」

「そうした人を一人でも多く育てるためには、迷彩塗装でもなんでもやるさ」

「はい」

「……いや、つまらない話をしてしまった。忙しいところを邪魔したね」

そう言うと、校長は次の校舎を見回るために出て行った。校長の後ろ姿は心なしか小さくなったように見えた。


昭和二十年の一月は例年になく寒かった。十九日には最低気温がマイナス三・六度だったし、霙《みぞれ》や雪の日もあった。寒々とした中で合唱部にもいやなことが多かった。ヤッチンは足の怪我で休んでいたし、工場ではヤスリを持つ手にあかぎれができたし、二月で終わるはずの動員は三月いっぱいまで延長されたし。そして、一年生のサッちゃんたちも電機製作所への動員が始まった。一年生と二年生を動員に取られて部の練習はさみしくなった。動員された女学生には月に一回、学校に帰って授業を受ける「帰校日」がある。今までは、朋たちの帰校日に部員全員が揃って練習することができたが、これからは、それぞれの帰校日も二週間に一回の休日も別々だったから学年ごとに分かれた練習しかできない。これでアンサンブルが揃うのか、まともな合唱ができるのか不安だった。

そんな合唱部に大きな衝撃が襲ってきた。昭子先生が佐世保《させぼ》の高等女学校に転任になると言う。それも一月二十九日から。学年副担任が年度の途中で転任になるとはどういうことなのだろうか。朋もヤッチンも一年生も、合唱部全員が言葉を無くした。

※

大東亜戦争の先行きは暗く、戦場では玉砕が続き、国内では食料も燃料も材料も何もかもが不足していた。労働力さえ不足し、ついに国は四月以降の授業を全面停止して、通年で学生・生徒を工場に動員することを決定した。人を育てるよりも兵器を作るというのである。

この決定を聞いてシズちゃんが怒った。

「どういうことなの、一年間授業しないなんて。私たちは三年生の一年間を授業無しで卒業させられるわけ？」

そのシズちゃんにミサちゃんは、

「まぁいいじゃない。授業も試験も無しで卒業証書をくれるって言うんだから」

「冗談じゃないわ、私は先生になりたくて専攻科に入ったんだから。授業がなかったら、生徒の教え方も家政の知識も覚えられないじゃない」

「シズちゃんは先生になりたかったんだ」

「そう、昭子先生みたいな先生に。それが私の夢」

「昭子先生かぁ。そうだね、あんな先生になれたら素敵だね」

「そのための授業じゃない。それが無いなんて、知識も技術も無しに先生になれってことなの？」

「シズちゃん真剣だね、それだけ真剣なら授業なんて無くてもいい先生になれるよ」

「そう言うミサちゃんは何になりたいの？　将来、戦争が終わったら」

「私の家は代々農家だったから、親が子供の一人ぐらいはお役所勤めにさせたくてね、村の人に『娘は役所に勤めています』って言いたいのよ。だから市役所でも村役場でも、そこに勤められたらいいな。それが私の夢。小さい夢だけどね」

「先生にはならないの？　体育の先生なんて似合っていると思うわ。裁縫の先生で勤めている間に、ミサちゃんならすぐに資格が取れると思うけど」

「そうねぇ。体育はやるのはいいけど、教えるのは苦手だな」

シズちゃんはみんなの将来の夢が気になるらしく、一人ひとりに聞いた。

「トモちゃんは将来どうするの？」

「私は学校の先生。先生にしたくて両親が専攻科に入れてくれたから」

「チエちゃんもやっぱり先生？」

「先生でもいいけれど、早く働いてお母さんを助けたいから縫製工場でもいいわ」

「マコちゃんは？」

「私は子供の服の洋服屋さんをやりたいな」

「うわぁ、マコちゃんは夢があるわね。うん、マコちゃんだったらお似合いだわ。子供が好きだもんね。シノちゃんは？　夢は大きくピアノの先生？」

「ピアノは趣味で楽しみながらやるの、仕事にしたらつまらなくなる」

「それじゃあ将来どうするの？　家業の材木屋さん？」

「統制がある限り材木商はダメね、儲からないわ。木材加工の方がまだ商売になる。そっちに変わるべきね」

「シノちゃんて案外現実的なのねぇ。ヤッチンは？　やっぱり学校の先生？」

「先生にはならないな。両親が教師でいろいろ苦労してるのを見てきたから」

「ヤッチン、神社を継ぐんじゃないの？」

　とヤッチンとは家族ぐるみの付き合いのシノちゃんが尋ねる。

「女の神主なんて嫌だわ。神社は弟の萬太郎《まんたろう》に任せる」

「じゃあヤッチンは何をするの？」

「やりたいことを、じっくり探すの。何をやりたいか、何になりたいか……。だから卒業して平和になったときに、何をやっているか分からない。電車の運転手をやっているかもしれない、神社に保育園を作っているかもしれない、図書館の貸し出し台に座っているかもしれない。でも自分のやりたいことをやっていたいの、それが私の夢」

「でも、ヤッチン、あなたのお父さんがそんな気儘を許すとは思えないわよ」

　シノちゃんが厳格で頑固なヤッチンのお父さんの顔を思い浮かべながら言った。

「そうでしょ、そうなのよ。だから私は、自分の夢を実現するために断固戦うの！　私は、私の夢をあきらめないわ」

「やっぱりヤッチンは、ヤッチンらしいわね」

彼女たちは、今一人ひとりの置かれた場所で、それぞれの将来に向かって歩もうとしていた。彼女たちの将来は夢で一杯だった。


しかし、夢に向かっていくことは容易ではなかった。目の前に戦争という困難があったし、工場の勤労動員は辛かったし。そして、県女ではこの春の専攻科の入学を無期限で延期した。本科を卒業した生徒は、そのまま勤労動員の継続だという。四月以降の授業が停止されたから生徒を入学させる意味がなかったし、県庁の経済部が疎開で移動してくるので教室が足りなくなったからだった。一年生の入学がないのだから合唱部にも一年生の入部はない。このことはサッちゃんたち一年生の心を挫いた。動員の苦しい中で、どんなに練習しても受けわたす後輩がいない。合唱部は、サッちゃんの学年で途絶えるかもしれなかった。

そして、県庁の移転は『夕べ』の中止という思いもしなかった打撃をもたらした。その日、ヤッチンとシノちゃんは佐々木先生に呼び出された。

「残念だが今年の『夕べ』は中止することにした」

「どうしてですか？」

突然の話にヤッチンは珍しく慌てた。

「会場が無いんだ。去年やった雨天運動場は電機製作所の校内工場になることが決まったし、講堂は一部分を今度来る県庁の資料置き場にするそうだ」

「残った講堂の一部だけでも使わせてもらえないでしょうか？」

「経済部の資料だから、関係者以外は立ち入り禁止にするそうだ。一般の聴衆を入れるわけにはいかない」

「公会堂は借りられないでしょうか？」

シノちゃんも必死な顔になった。

「この時局に歌舞音曲はまかりならん、と断られたよ。去年もそうだったろう」

「場所があれば『夕べ』をやれるでしょうか？」

シノちゃんはなおも先生に詰め寄った。

「場所があればね。しかし、どこにしても歌が今の時局に合わない、というのだからダメだろうね。それに、君たちは毎日工場動員で練習する時間も取れないだろう」

ヤッチンは黙って先生の話を聞いていたが、シノちゃんは、

「『夕べ』は専攻科の象徴のようなものです。なんとかやれないでしょうか？」

「僕も、いろいろ手を尽くしてみたが、八方塞がりだ」

「歴代専攻科生のなかで『夕べ』をやれない三年生になるとは思ってもみませんでした。

残念です……悔しいです」

「……まあ、これもめぐり合わせだと思って、諦めてもらうしかないな」

「私たちは、そういう運命だった、ということでしょうか？」

「音楽も満足にできないこんなありさまが、なんで運命なものか！」

珍しい佐々木先生の怒り声にシノちゃんは黙るしかなかった。先生も『夕べ』ができないのが悔しかったのだ。

『夕べ』の中止は部員たち、とくに一年生に大きな失望と落胆を与えた。後輩は入って来ず、『夕べ』もなくなり、辛い工場の仕事をしながら部を続ける意味があるのだろうか？何のために部活動をするのか？　そしてある日、一年生から退部届が郵送されてきた。葉書には五人の連名で、「工場が忙しいから葉書で失礼します」という書き出しで、合唱部より勤労動員を優先したい、という退部の理由が書かれていた。

この葉書を、副部長のシノちゃんに見せたとき、ヤッチンはすこし寂しそうな顔をしていた。シノちゃんは葉書を読んだあとに、

「ヤッチン、この退部届を受理したの？」

「受理したわ。佐々木先生にも話してある」

「先生は何ておっしゃってたの？」

「そうかって」

「それだけ？」

「そう」

「……でもこんな我が儘を許していたら残りの人まで辞めちゃうわよ」

「工場の仕事が大変で、部を続けていけないんだったら仕方がないわね」

「仕方がないって、それは部長として、厳しさが足りないんじゃないの。少しくらいきつくても、入部した以上は責任をもって全うすべきよ。自儘《じまま》に辞めていいものではないと思うわ」

「工場の仕事より歌が大事だ、と思わない人が合唱部にいる意味はないわ。なにより、いやいや歌を歌って欲しくないし」

「じゃあ、工場が大変で部を続けられないと思う人は辞めてもいいって言うつもりなの？」

「そのつもりよ」

「私たち二年生にも？」

「機会をみて全員に話すわ」

「まるで自分から部を壊しにいくようなものだわ。引き留める努力もしないで、そんなことを言ったら、部を途中で投げ出すみたいだって、みんな怒るわよ」

「怒るかもしれないわね。ミサちゃんなんかカンカンだろうな」

シノちゃんはヤッチンの目を見つめながら、

「ミサちゃんとシズちゃんには私から話すわ。それでいいでしょ」

「ううん、これは部長の仕事だから、シノちゃんに任せるわけにはいかないわ。それに、みんなを合唱部に誘ったのは私だから、私が話す。私が話して、私が謝るわ」

「……ヤッチン、やさしすぎて、嫌いになりそう」

「……」

しかし、ヤッチンがこの話を出す前にミサちゃんがやってきた。

「ヤッチン、どうするのよ。一年生が五人も辞めちゃって、このままじゃ、まだまだ辞める人が出てくる、そのうちに合唱部が無くなっちゃうよ」

「工場と部を両立できないって言うんだから、しょうがないわね」

「しょうがないじゃないわよ。何もしないで部を潰すつもり？　一年間工場でずうっと働かされて、新入生も入って来なくて、昭子先生もいなくなって、おまけに『夕べ』が中止だなんて、誰もやる気が出ないわよ。何か手段はないの？」

「手段って？」

「特別の演奏会を開くとか」

「場所がないのよ。この時期に人を集める催しに場所を貸してくれるところはないわ。空襲の心配もあるし」

「打つ手が何もないわけ？」

「今は何もできない。この状況が変わるまで、じっと我慢して待つしかないわ」

「待って状況が変わるあてでもあるの？　忍耐だけじゃ道は開けないわよ」

「……ミサちゃんは薙刀で知っていると思うけど。強い相手に追い込まれて打つ手がないときは、じっと好機がやって来るのを待つの。どんな小さな好機でも見逃さないように、こころを鎮めて待つってね」

「好機を待てない人はどんどん辞めてっちゃう。一年生だけじゃなくて、二年生まで辞めたらどうするのよ」

「発表の場が無くて、つまらなくて辞めるんだったら、辞めてもいい。たとえ練習だけでも歌いたい人に私は残ってもらいたい」

「なに綺麗ごと言ってるのよ。発表の場も無くて、工場でくたくたに疲れながら練習を続ける人なんていないわよ。そのうちにみんな辞めちゃって、部が無くなっちゃうわよ」

「私一人でも歌い続ける、部は無くさない」

「……まったく、あなたって人は……。あなたには、かなわないわね。昔からかなわなかったけどね。分かったわ、あなたに任せるわ」

こんな会話があったことを誰も知らなかったが、数日後にシノちゃんが二年生のみんなを集めた。ヤッチンだけがいなかった。シノちゃんは一人ひとりの顔を見つめたあとで話し出した。

「今日はみんなにお願いがあるの。勤労動員で毎日辛いと思うけれど、合唱部は辞めないで欲しいの」

「いきなり何の話よ」

ミサちゃんがシノちゃんから目を逸らしながら素っ気なく応えた。

「ヤッチンが、このごろ元気が無いと思わない？」

「そう言えばボーっとしていることが多いわね。顔色もなんだか悪いようだけど、近海丸のせいじゃないの？」

「ううん、部のことを気にかけているのよ。合唱部が衰えていくことに心を痛めているの。一年生が五人も辞めたでしょ。一年生はサッちゃんたち四人だけで、四月になっても新一年生は入ってこないから、部はたった十一人になってしまった。ヤッチンが部長でありながら、こんなになってしまったことに責任を感じているの」

「責任って、ヤッチンのせいじゃないでしょ。誰のせいって言ったら戦争のせいよ」

ミサちゃんは口を尖らせて言い返した。

「ええ、そうなんだけれども、佐伯部長、サエさんが引退するときにヤッチンに言ったんですって、部のことを頼むって。ヤッチンだったら部を立派なものにすることができるって。それなのに今のありさまで、自分が何もできなかったって責任を感じているの」

「シノちゃんにヤッチンがそんな話をしたの？」

「ううん、ヤッチンは何も言わない。でも、彼女とは幼馴染で、家も近いから何を考えているか分かるの。サエさんの話は前に聞いて、いい部にするって頑張っていたのに……。それにね、佐々木先生に言われたらしいの、休部にするか廃部にするか考えろって」

「えっ、それはいつのこと？」

　ミサちゃんが真顔になった。

「一週間ほど前に、ヤッチンが一年生の退部届を持って行った時ですって。先生は、その次の日に私に話してくれたわ。勤労動員が大変だし、練習も満足にできないし、退部者も出てきているから、この際、休部か廃部にしてはどうかって」

「先生は辞めたがっているのかな？」

「そんなことはないでしょ、先生は音楽のことしか頭にない人だから。退部が続いたから、部員のことを考えてだと思うわ」

「それでヤッチンは何て答えたって？」

「合唱を続けたい人がいるかぎり部は続けますって。ヤッチンらしい答えだけれど、先生は彼女の気性を承知しているから、素直に『はい』と答えるとは思っていなかったそうだわ。それで、私を呼んで、副部長としてみんなの意見を聞くようにっておっしゃったの」

「それで、シノちゃんはどうするつもりなの？」

「みんなの意見を聞くように、ということだけれども、私としては部を続けていきたいの。だからみんな部を辞めないで欲しいの。

ヤッチンには『辞めないで』とは言えない。みんな一人ひとりの考えを大切にしたいひとだから。でも、私はみんなにお願いしたい、部を辞めないでくださいって。このままじゃあヤッチンが可哀そう。一年生が辞めたときも平気そうな顔をしていたけれど、部を続けたいと思う魅力を与えられなかった自分を責めていて……。

だから、もう一人も欠けさせたくないの。せめて二年生だけは、だれも辞めさせたくない。だからお願い、勤労動員は大変だろうけれど、合唱部を辞めないでください」

「私は辞めないよ」

ミサちゃんは言い切った。

「みんなが辞めても私は辞めない。ヤッチンと二人になってもデュエットで歌い続ける」

「私も辞めないわ」

シズちゃんが続いた。

「三人いれば三部合唱ができる」

「私も辞めない。ソプラノが一人では大変だもの」

とマコちゃん。

つられるように朋も、

「私も辞めない。アルトだって二人いないと」

残ったチエちゃんにみんなの視線が集まる。チエちゃんはお母さんと二人きりだし、町内会の仕事もあるし、続けるのは無理かもしれない。

「私も辞めないわ。ここで辞めたら、戦場で戦っているお兄さんに恥ずかしいもの」

「二年生は一人も欠けること無しね。みんな、ありがとう……」

シノちゃんの目から涙が零れ落ちた。それを見たミサちゃんは、

「なんでシノちゃんが泣くのよ」

「だって嬉しいから」

「私たち七人は一緒なんだから。昔も今も、これからもずっと。誰も欠けることなく一緒なんだから」

「ありがとう。みんな本当にありがとう。先生には、合唱部は絶対に残してくださいって言ってくるわ」

数日してヤッチンの顔色がもとに戻った。

三月二十七日、卒業式があった。本科四十一回生三百六十人、専攻科十四回生五十七人、ニレさんたちも卒業していく。時節がら簡略化された卒業式になった。火曜日だったから、父兄は都合がつく人だけが参列し、在校生は各学年の代表者だけ。来賓も無く、広い講堂の長椅子が寒々として空いていた。

修学旅行も運動会も創立記念日も、去年の十月からは授業も無くなった卒業生は、ただ卒業証書だけを手渡されて卒業しようとしている。合唱部は今年も校歌と『君が代』と『蛍の光』のリードを任されて、式場の片隅に座った。学校長訓告のあとで校歌の斉唱があった。

『一．玉園山《たまぞのやま》の朝日影《あさひかげ》　玉《たま》の浦《うら》わの夕月夜《ゆうづきよ》
　つきせぬ眺《なが》め　四時《しじ》に移《うつ》りて
いとも楽《たの》しき　我《わ》が学《まな》び舎《や》よ
勉《つと》め励《はげ》まん　学《まな》びの道《みち》を　いざや　もろともに

二．姿《すがた》やさしき　三《み》つ山《やま》や　み空《そら》の星《ほし》の　輝《かがや》きを
　すくけき心《こころ》　清《きよ》き操《みさお》と
しるしに示《しめ》す　我等《われら》の誇《ほこ》り
　勉《つと》め励《はげ》まん　真《まこと》の道《みち》を　いざや　もろともに

三．薫《かお》りゆかしき　橘《たちばな》の　……』

専攻科生は七年間歌い続けてきた歌だったが、今日を最後に歌うこともないだろうと思うと、感慨が深い。ト長調の溌溂《はつらつ》とした曲が、しんみりしたものになった。

一人ひとり名前を呼ばれて起立し、クラスの代表が卒業証書を受け取る、そうした式がなかばまで進んだときに突然、空襲警報が鳴った。重苦しいサイレンの音に講堂がザワついた中で校長が「生徒は防空壕へ」と指示した。三百人ほどしか入れないグランド横の防空壕に本科生を無理に詰め込み、専攻科生と父兄は青天井の溝のなかで不安そうに空を仰ぐ。教師の多くは鉄筋コンクリートの堅牢さを頼みに本校舎に残った。堅牢といっても、

爆弾に直撃されればひとたまりもないだろうが、黒い迷彩塗装が敵機から隠してくれることを祈るしかない。

朋は本科の卒業生と一緒に狭苦しい防空壕で膝を抱えながら、彦山が炎に包まれた去年の空襲を思い出していた。

（あの彦山のように長崎の街が燃えるのだろうか？）

言いようのない不安が胸を締め付けているのに、本科生は屈託がなかった。

「長崎も空襲されるかなぁ？」

「それはされるわよ、軍需工場がたくさんあるんだもの」

「でも、長崎は大丈夫だって、おじいちゃんは言ってたよ」

「なんで？」

「長崎の街は、昔から外国に開かれて、外国との関係が深いから爆撃しないんだって」

「違うわよ、捕虜収容所があるから空襲しないのよ。だって、味方を攻撃できないでしょ」

「近所のおじさんは稲佐山の大蛇が長崎を守っているから大丈夫だって言ってたわ」

「ありえないわ」

「でも東京や名古屋は空襲されたのに、こんなにたくさん工場がある長崎が空襲されないなんて、変じゃない」

「東京や名古屋は大都会でしょ、田舎の長崎には、わざわざ爆弾を落としには来ないのよ」

「あぁ、長崎を馬鹿にしたなぁ」

本科の卒業生はまだ十六歳だ。

（まだまだ無邪気だな。無邪気で朗らかだ）

そんなことを思いながら朋は少女たちのおしゃべりを聞いていた。

卒業式は大幅に遅れ、空襲の危険が去らなかったから、式は翌日に延期されることになった。わざわざ地方から出てきた父兄は、式の終わりを見届けることなく、帰らなければならなかった。

この空襲警報は福岡を攻撃に来たB29に対するものだった。マリアナの基地を飛び立った八十機近い爆撃機は、東洋一と言われた大刀洗《たちあらい》陸軍飛行場に千発もの爆弾を落としていった。ちょうどこの日、飛行場近くの立石《たていし》国民学校も卒業式だったが空襲警報で式は中止された。そして、帰宅する途中だった児童に爆弾が落ち、三十一人の子供たちが亡くなった。もし、B29が長崎に来ていれば、朋たちも児童と同じ目に遭っていたかもしれなかった。

県女の卒業式は翌日無事に終わり、朋たちは式の最後に『蛍の光』を歌うことができた。校内から去っていく卒業生を見送りながら、ヤッチンは晴やかに、

「無事に卒業式が終わってよかったわ、今日は本当にいい日ね。桜は咲いているし、空襲警報は鳴らないし、春らしく暖かいし、私の誕生日だし」

「え！　何ですって！　ヤッチン、今日が誕生日なの？」

シズちゃんがびっくりして聞き返した。

「ええそうよ、三月二十八日が私の誕生日」

「いったい何歳になったのよ」

「何言ってるの、みんな同級生だから十八歳に決まっているじゃない」

「そんな……ヤッチンは年上だと思っていたのに。私が四月十一日生まれだからほとんど一つ年下じゃない」

シズちゃんは半分呆然としたように言った。

「そうね、一年に十四日足りなかったわね」

「なんてことなの……」

「六年も一緒にいて知らなかったの？」

　ミサちゃんが不思議がると、

「全然知らなかった。ミサちゃん知ってた？」

「知ってたわよ、音楽部で誕生会があったから」

「そんな……。まさか、私が一番年上なんてことはないでしょうね。だれか高等小学校出身の人はいないの？」

「いないわよ」

「じゃあ、ミサちゃんは誕生日いつ？」

「五月五日」

「端午の節句か……。シノちゃんは？」

「一月十日よ」

「トモちゃん？」

「十月十七日」

「チエちゃん？」

「九月二十三日」

「マコちゃん？」

「九月一日」

「まぁ、ヤッチンとシノちゃんが昭和生まれだなんて、私が一番年上でヤッチンが一番年下だなんて！　そんな……」

「何をそんなに驚いているの？」

「ヤッチンがほとんど一つ年下ってことに。どうして一番年下のヤッチンがこんなにしっかりしていて、一番年上の私がこんなに頼りなくてがさつなんだろう」

ヤッチンは可笑しそうに、

「シズちゃんが〝頼りない〟とも〝がさつ〟とも思わないけど。シズちゃんはいつも大げさなんだから」

「人間長く生きていればそれだけ成長できるってことはない、ということなのか」

「そのようね」

「がっかりだわ。だけど、しょうがないか。そんなことよりヤッチン、ごめん。誕生日のお祝いにあげられるものが何にもないわ」

「お祝いなんていらないわよ、おめでとうの一言があれば充分です」

「それでは、真心から、お誕生日おめでとうございます」

二人を囲んだ朋たちも、

「おめでとう」「おめでとう」「おめでとう」

と口々に祝った。

「どうもありがとうございます」

ヤッチンは深々とお辞儀をした。彼女たちの十八歳の新しい一年が始まろうとしていた。

三年生

桜が満開になって四月が来て、朋たちは最終学年の三年に進級した。しかし、工場動員で授業が停止されていたから進級に何の意味もなかったが。この春、学校は校内に電機製作所の工場を造る準備で慌ただしい。そんな中で、ある日、佐々木先生は校長先生に呼ばれた。

「こんど、県下の中等学校の男子生徒をあつめて、学校対抗の陸上競技会を行うことになりました。四月二十二日に、場所は玉浦《たまうら》学園です。目的は、銃後の士気の向上、学校への団結力の醸成、体力的に兵士として役に立つのかの調査、そして日ごろ動員ばかりの生徒への慰安、といったところです」

「盛りだくさんですね」

「そう。だから県としては力を込めて実施するということです。それで、日ノ丸の掲揚の際に『君が代』を歌う生徒を一人出せ、と言ってきました。合唱部に頼めますか？」

「伴奏は付きますか？」

「なしです」

「独唱になりますね。それならば井田静がいいでしょう。メゾ・ソプラノですが声量がありますから」

「あぁそう、それじゃ頼めますね」

「はい、承知いたしました」

こうしてシズちゃんは一人で君が代を歌うことになった。

その日は、よく晴れた日だった。葉桜の葉が大きくなりかけたグランドに半袖短パンで生徒が整列した。生徒は、いつも腹ペコで毎日労働をさせられているから、誰もが青白く痩せている。そんな彼らにどんな体力があるのか、兵隊として役に立つのか、米軍が沖縄に上陸した今、兵隊として使えるか、それが当局の関心事だった。

県知事の祝辞があり、競技会長の訓示があり、来賓として陸軍長崎連隊区長が大声で話し始めた。

「聖戦四年いよいよ決戦のときである。銃後の暮らしは厳しさを増している。確かに食料は不足し、物資も乏しい。しかし、これは前線の兵士に能《あた》う限りの力を送っているからであり、勝利のための厳しさである。我々が苦しい時は、敵もまた苦しい。もうひと頑張りが勝利を引き寄せるのである。敵はいよいよ長崎にも近づこうとしておるが、それは取りも直さず敵の補給線が伸びきっているということだ。その補給線を横撃《おうげき》したときに我が国に勝利がもたらされる。あとひと頑張りなのである、神国は必ず勝つ。諸君も日本男子の頑張りを今日の競技会で示して欲しい。競技の一つ一つが敵との競り合いであると考えて、全力を尽くしてもらいたい」

日ごろのニュースや新聞で言われていることの繰り返しに過ぎない話だったが、実際の軍人から直接聞く話には重みがあった。

やがて「日ノ丸掲揚、一同掲揚塔に注目」の号令がかかった。全員の注目が掲揚塔のポールに集まる。

紺サージ、白茶入襟《しろちゃいりえり》、ワンピースドレスの制服に正装したシズちゃんが式台に立った。

『君が代は』

シズちゃんの声が流れたとたん、会場の注目が彼女に集まった。グランドの生徒たちは目だけを動かしてシズちゃんを見つめる。

『千代に八千代に』

敬虔なまでに透明で伸びやかな声が流れる。拡声器はほとんど必要なかったのでシズちゃんはマイクから遠く離れて立っていた。

『さざれ石の巌《いわお》となりて』

歌にあわせて日ノ丸がポールを登り、春風に柔らかく翻る。

『苔のむすまで』

歌が終わるとともに旗がポールの天辺《てっぺん》に止まった。

数日後に佐々木先生は、また校長先生に呼ばれた。

校長は嬉しそうな顔で佐々木先生に言った。

「先日の『君が代』を県知事が大変喜ばれてね。ああいう、いい歌は多くの県民に聞かせたい、と言われた」

「はあ」

「それで、もし演奏会をやるのならば公会堂を使ってもいい、と言っているが」

「本当ですか！」

「ああ」

「嬉しいです、生徒が喜びます」

しかし、佐々木先生はしばらく考えて、

「県からとなると、軍歌を歌わなくてはいけないでしょうね」

「そんなことはあるまい。選曲はこちらに任せると言っていたよ」

「本当ですか、嬉しいです」

「じゃ受けるね」

「はい」

「よろしく頼むよ」

「はい！」

この知らせはすぐに動員先の部員に伝えられ、みんなは手を取り合って喜んだ。工場動員の毎日に大きな目標ができた。

佐々木先生はさっそく県と話し合い、曲目は誰もが知っていて、子供から大人まで楽しめるように唱歌と童謡に決めた。そのため、演奏会の題名は『唱歌と童謡の夕べ』とした。伝統の『たちばなの夕べ』を使うことができないのが少々残念だったが、それは小さなことだった。

開催日は六月十日日曜日、夕方五時開演、六時半終了、防空・防災のため終了時間は厳守。六時半の終了では陽が暮れるまでに一時間も早い。「夕べ」というよりは「夕方」といった方がよさそうだったが、それも小さなことだった。

演奏会までに残り二カ月を切っているのはあまりにも短い。勤労動員の毎日だから練習は二週間に一遍、日曜日にだけしかできない。だから演奏曲は手慣れたレパートリーの唱歌と童謡だけにしたが、少ない練習で声が出るか、ハーモニーが合うか不安だった。入場券の代わりの整理券を県庁、市役所、鉄道の駅、乗船場に置いてもらうことにしたが、こんな方法で聴衆が来るかも不安だった。不安は尽きなかったが、それでも久しぶりに歌を聴いてもらえることは嬉しかった。部員はそれぞれ楽譜を持ち帰ってひとりで練習を続けた。たとえ、工場の労働で疲れていても。

前の年の暮れころからひどくなっていた食糧事情は、いよいよ破滅的だった。配給の量は減らされ、たびたび配給は『遅配《ちはい》』で遅れ、人々はいつも空腹だった。軍需工場は食糧が特別に配給（特配《とくはい》）されたから多少ましだったが、それでも職員食堂の食事は日に日に粗末になっていった。

ある日の昼食に食堂へ行ってみると、雑炊のドンブリが出ていた。その中には今まで見たこともない、鮮やかな緑色の雑炊が入れられていて、いつもの水っぽい雑炊に何かの葉っぱが漂っている。

「何かしら？」

シノちゃんがドンブリを見下ろしながら言った。

「抹茶雑炊にしては時期が早いわねぇ」

ヤッチンも中身の正体が分からないらしい。

一口食べた瞬間に誰もの手が止まった。異様に青臭く、苦いような渋いような味がする。

「ヨモギを入れたわね」

眉根を寄せながらミサちゃんが呟いた。

「それも新芽じゃなくって、伸び切ったやつを刻んでいきなり入れたんだわ。こうした物を食べるときは、いちど茹でて、水に晒してアクを抜かなきゃダメなのに」

「ぼやいていてもしょうがないわ。ほかに何も無いようだから、我慢して食べましょう」

そう言って箸を取ったヤッチンも、三分の一も食べずに止めてしまった。空腹で働く午後を思って、みんなは恨めしそうに緑色の物体を眺《なが》めた。そんな中で、ひとりチエちゃんだけが黙々と箸を動かしている。

「チエちゃん、止めたほうがいいよ。お腹こわしちゃうよ」

ミサちゃんが心配そうに声をかけた。

「ええ、でも戦地で戦っている人のことを思ったら贅沢は言えないから」

「それはそうだけど、これは体に悪いって」

そうしている間にチエちゃんは、

「ごちそうさま」

とドンブリを置いた。

しっかり底が見えるドンブリを見ながらミサちゃんは、

「チエちゃん、貴女《あなた》って見かけによらず根性あるのね」

と感心して言った。

このヨモギ雑炊は工場の中で問題になり、賄いの職員が二名ほど更迭されたという。しかし、いくら人を代えても給食はよくならない。なにしろ食材がないのだから。

食糧だけでなく、あらゆる物資が不足し、金属類の供出はより一層強制的になった。寺の鐘、マンホール、使わない鍋・釜、金ボタン……。制服の徽章は陶製に変わった。朋の

家でもあるだけの金属製品を供出したが、ある日、町内会長が父を訪ねてきて、

「犬を供出しませんか」

「うちのクリをですか？」

「えぇ、お国のために。犬の毛皮で軍人さんの防寒着を作るんだそうです」

「こんな小さな柴犬じゃあ防寒着にはならないでしょう。それに、この犬は会社の上役から預かっている大切なもので、めったなことをすると私が怒られます」

「そうですか。それではしょうがありませんな」

と帰っていったが、町内会長はクリを供出したかったわけではなく、ただ義務として各家庭を訪問しているらしかった。

だからクリはまだ栗山家にいる。

※

飼い犬さえ供出しなければならなくなった日本は、とうとう軍需工場でつかう資材すらなくなってきた。幸町の造船所は天長節《てんちょうせつ》（天皇誕生日）にも休まずに稼働したが、資材不足で仕事がない日がたびたびで、そんな日は、工場のなかの片付けをして朋たちは一日を潰

すしかなかった。兵器を造っている造船所ですらこんなありさまだったから、工員たちは大本営の発表する戦況というものに疑いを感じ出し、彼らの世間話も次第に悲観的なものに変っていった。ある日の昼休みに職員食堂で、叩き上げらしい顔じゅう髭だらけの工員と、同年配でムンクの『叫び』を思い出させる禿げ上がった工員がこんな話をした。

「おい、川向こうの造船所では高校生が船を造っているのを知っていたか？」

髭が不味《まず》そうにすいとんをすすりながら聞いた。

「ああ、あそこも動員の生徒が働かされているんだろう」

ムンクがタバコを吹かしながら応えた。

「その高校生が、船にリベットを打っているんだってよ」

「へぇ高校生がかよ。リベット打ちなんて、何年もやった工員でなけりゃ締まらないだろう、来たての高校生でリベットが締まるのかねぇ」

「そうだろ。だからな、高校生の造った船は鉄板同士がしっかり締まり付いていねぇから、注水試験をすると水がダラダラと漏るそうだ」

「それじゃ船は沈没するじゃねぇか」

「ところがだ、水が漏っているうちに、鉄が錆びて鉄板の隙間を埋めるから、漏らなくなる。そうなったころを見計らって試験合格ってことにするそうだ」

「ひでぇなぁ、そんな締まらねぇ船、魚雷を受ける前に嵐が来たら沈んじまうじゃねぇか」

ムンクが呆れた顔をする。

「そうよ。でもな、冬の嵐が来る前に、どうせアメリカの魚雷で沈められるんだからって、構わずどんどん進水させるそうだ」

「人が乗る船をかよ、世も末だなぁ。うちの工場だって働こうにも資材がないんだから、いよいよ日本もおしまいってことかぁ」

ムンクが両頬に手を当てて悲嘆の声を出した。

「そういうことだな。船も兵器も無くって決戦だなんて言っても、勝てっこねぇ」

「この戦争は負けだな」

そこまで聞いていたミサちゃんが突然立ち上がった。

「日本が負けるって言うの？　馬鹿言わないでちょだい」

しかし、髭は、

「そう言ってもなぁ、お姉ちゃん、まわりを見てごらん。ドンブリの中は水ばかりのすいとんで、今日も鉄材が入ってこない、石炭なんて一週間前に届いたきりだ。これでどうやったら勝てるって言うんだ?」

向かい側に座っている工員が声をひそめて、

「めったなことを言わない方がいいぞ。今の話を特高に聞かれたら捕まっちまうぞ」

それを聞くと髭は、

「何が特高だ、馬鹿野郎! みんな腹のなかでは同じことを考えているのに、何で口に出して言わねぇ。思っていることを正直に言わねぇから、日本がこんな風に駄目になっちまったんだ。本音で言えば日本は負けだろう」

と口から泡を飛ばして怒鳴った。

「日本は勝つわよ、勝つに決まっているじゃない」

ミサちゃんが地団駄を踏むようにして言い返した。

「先日の、あれは四月二十四日だったな、二回目の空襲があっただろう。警戒警報も空襲警報も鳴らない中でいきなり飛んできて、長崎駅を吹き飛ばしていきやがった。今の日本にはB29を撃ち落とすどころか、飛んでくるのを見つけることもできねぇんだ。こんなありさまでどうやったら勝てる?」

「神風が吹くわ。神風が日本を守ってくれる」

「神風が吹いても、沈むのはリベットの締まってねえ日本の船ばかりだ。アメリカの船は魚雷を受けてもなかなか沈まねぇって言うのに、風ぐらいで沈みっこねぇ。どうしたって日本の負けさ」

「勝つためにみんな苦労しているのに、負けっこないわよ」

「苦労で戦争は勝てねえよ」

「これで日本が負けるんだったら、みんなの苦労は何だったの。戦死した人たちは何のために死んだのよ。これで負けるんだったら戦死した人たちを返してちょうだい。戦死公報を無かったことにして」

最後のことばは絶叫だった。

隣に座っていたチエちゃんがミサちゃんの肩を抱きながら、

「もう止めて、分かったからもう止めて。日本が負けっこないわよ、お兄さんたちが頑張って戦ってくれているから負けるわけないわよ」

人々は誰も俯いて顔を上げることができなかった。食堂にはミサちゃんの泣き声だけが響いていた。

そんなことがあった数日後、チエちゃんが工場に遅刻してきた。やつれきった顔でヤッチンの前に立ったチエちゃんは、夕べ一晩泣き続けていた、そんな眼をしている。

「ヤッチン、ごめんなさい。午後も早退させて欲しいの」

「それは構わないけど、どうしたの？　何かあったの？」

「お兄さんの戦死公報が届いて」

「えっ」

「それでお母さんが寝込んじゃったの。もともと体が丈夫な方ではなかったけれども、落胆が大きくて……」

「それはそうよ。チエちゃんは大丈夫？」

「私は……。私まで寝込んじゃったら大変だから」

「工場の方は気にしなくていいからゆっくり休んで。届けは私が出しておくわ」

「ありがとう」

「お兄さんはいつ戦死なさったの？」

「四月五日ですって。沖縄の東方海上って公報には書いてあったわ」

「沖縄の東……、そんなに近くに居たなんて。お兄さんは家に帰って来られなかったの？」

「ええ、四年前に出征したきりで一度も」

「そう、それは悲しいわね」

「……」

そうして帰っていくチエちゃんは、なんだか影が少し薄くなったように見えた。


それから何日か過ぎた日、仕事が終わってみんなで帰ろうとしていると、工場の前に一人の海軍士官が立っていた。白い軍装の肩章は中尉だった。中尉はチエちゃんを見つけるとまっすぐに歩いてきた。

「金内智恵子さんですか？」

「はい」

「僕は金内勝男《かねうちかつお》兵曹と同じ部隊にいた斎藤宗吉《さいとうそうきち》と申します。金内君のことでお話があるのですが、少々お時間をいただけませんか？」

兄の名前を聞いた瞬間、チエちゃんはハッと表情を変え、

「はい、承知しました」

と応じた。

チエちゃんはみんなと別れると、宗吉のあとに続いて歩き出した。

中尉は何を語りにきたのだろうか？　チエちゃんの悲しみを深める話ではないのだろうか？　宗吉と去って行くチエちゃんを朋たちは、ただ黙って見送った。

二人は浦上川を渡ると淵神社《ふちじんじゃ》の下の川堤に立った。

「ここで構いませんか？」

「はい」

浦上川は、夕方の光を受けて所々輝きながら碧緑の水をゆっくりと流している。背後の神社から数羽の鳥が飛び立ち、川の向こう岸に去った。鳥が消えた先にある茂里の兵器工場を眺めていた宗吉がチエちゃんに向き直って言葉を掛けた。

「毎日、勤労動員で大変ですね」

「えぇ、でも慣れましたから」

「明日はお休みですか？」

「えぇ、でも部の練習があります」

「部の練習？」

「はい、合唱部の」

「日曜日なのに練習ですか？」

「えぇ、来月十日に公会堂で演奏会があるものですから」

「そうですか、合唱の演奏会か。いいなぁ、僕も時間があったら聴きにいきたいな。……ところで、金内の戦死公報は届きましたか？」

「はい、先日」

「そうですか……。僕は金内と同じ部隊にいたのですが、僕たちが一緒になったのは台湾の基地でした。僕の小隊に金内が配属になって、三番機に付いたのです。

彼は戦闘機に乗って一年目ということでしたが、天性の戦闘機乗りでした。目が利いて、動作が大胆で、何より勘がよかった。長い戦争のあいだ、彼は敵に後ろを取らせたことが一度もなかったんです。だから、彼と飛んでいると安心できた。

僕たちが親しくなったのは、年が近かったのと、お互いに将棋が好きだったからです。暇さえあれば将棋を指していた。食事のときも、風呂の中でも、頭の中の盤で駒を動かしあっていた。飛行中も手の合図で指していたから隊長には将棋馬鹿と言われたものです。

将棋盤に向かいながらお互いよく話をしました。観た映画のこと、昔の想い出、上官の悪口、いろんなことを話した。金内はね、貴女《あなた》のこともよく話していました。小さいころからおてんばで近所の子とよく喧嘩をしていたとか、小学校のころからお母さんを助けてご飯の支度をしていたとか、金内が喧嘩で服に穴をあけて帰ってくると、お母さんには内緒で貴女《あなた》が上手に繕ってくれたとかを」

「兄はそんなことを覚えていましたか」

「ええ。そして、彼は貴女《あなた》とお母さんの写真をとても大切にしていました。何かあると取り出して眺めていた。だから貴女《あなた》たちから手紙が来たときには大喜びで、写真が入っていようものなら、みんなに見せびらかしていた。そんなだから乳離れできていないって、みんなから冷やかされていたけれども、彼は全然気にしなかった。彼から手紙は来ましたか？」

「いいえ、めったに」

「そうでしょう。部隊の動きが漏れるから、と信書を送ることは極力控えられていたのです。面白い話があって、あるとき彼は葉書に『油桐《あぶらぎり》の花が綺麗です。みんなに見せてあげたい』と書いた、それが検閲で発信禁止になりました。理由は、油桐は台湾の名物だから、部隊が台湾にいることが分かってしまうというのです。敵は我々の動きを逐一把握しているのに、こんなことに気を使って何の役に立つんだ、とみんなで笑いあったものでした。いずれにしても、彼は手紙を書いていたのです。たとえ出せなくても、いつか出せるときがくる、いつか届くことを信じて……。実は彼は葉書代にも苦労していた。なんでも給料は全額、留守宅届けにしていたそうですね」

「はい、家計が苦しかったから兄はそうしてくれました」

「ときどき届く手紙に小遣いが入っている様子でしたが、金を持たない兵隊なんていない、それじゃサイダーも買えない、と笑っても彼は平然としていた。だから僕はときどき彼にサイダーやアイスキャンディをおごってやりました」

「どうもすみませんでした」

「いや、そういう意味じゃないのです。僕は彼が羨ましかった。こんなに大切に思う人がいて、大切にしてくれる人がいて。僕は早くに両親を亡くして、親戚を転々とさせられたから、中学を卒業するとすぐに海軍に入りました。だから家族の暖かさを知りません。貴女《あなた》や、貴女《あなた》のお母さんを大切にして、睦まじくしている金内を見ていて、いつか自分もこんな家族を持ちたいと思いました。

台湾を振り出しに、いくつかの基地を転々と移動している間も、僕たちはなぜか一緒だった。二人で、どうやら腐れ縁らしい、と言っているうちに戦局は逼迫してきて、我々の部隊は鹿児島へ移動になりました。沖縄と本土の防衛が任務でしたが、敵が沖縄に上陸すると、僕と金内は特攻も命じられました。特攻機の直掩《ちょくえん》です。爆装した飛行機を掩護《えんご》して、敵艦まで誘導して、戦果を見届ける危険な任務です。戦果を見届けると言っても、爆装機が敵艦に近づけたことは一回もなかった。みんな手前で、敵の防空戦闘機や対空砲火で撃ち落とされてしまうんです。僕たちは、特攻機が撃ち落とされるのを見届けることしかできなかった。

二回目の任務を終えたあとに彼の様子が変わってきました。今までの大胆さがなくなり、飛び方に切れがなくなった。これは危険なことです、撃墜される前兆だ。だから僕は、彼にどうしたのか尋ねたのですが、彼は少し体調が悪いとごまかしました。しかし、悩んでいる顔付きは、単に体調が悪いといったことではない。僕は問い詰めました。これは彼一人の問題じゃない、小隊全体の安全にかかわるから。そして、ようやく彼が打ち明けたのは、死への不安です。

『いや、死ぬことが怖いんじゃない。自分一人ならいつでも死ねる、今までに戦死した戦友とおなじに潔く命を国に捧げる覚悟はある。しかし、自分が死んだあとに残された母たちはどうなるだろうか、どう暮らしていくのだろうか。母は体が丈夫な方ではない、妹はまだ女学生だ、自分の僅かな兵隊の給料でギリギリに暮らしているのに。そして、その先は……。「路頭に迷う」という言葉が頭から離れない』と言うのです。

僕はもっともだと思いました。家族を養わなければならない者が、その家族を残して死に向かうとしたら、それはどれほど苦しく、恐ろしいことか。

だから僕は彼に言いました、『金内は絶対に死ぬな。この戦争を死なずに生き抜け。死んで国に奉公するのは僕のような家族のいない、死んでも誰も悲しまない者に任せろ。目の前の敵から祖国を守ることはもちろん必要だ。だが、国の将来を守ることも大切だ。金内は将来を守ることをやれ。

どうせこの戦争に勝ち目はない、負けが決まったようなものだ。戦う飛行機もなく、飛べばバタバタと墜とされるようでは、とても勝てない。あとは、どういう負け方をするかだが、飛んでくるB29を阻むこともできないのでは、ろくな負け方はできないに違いない。

そして、負けたあとの日本はどんなことになるか、どんなに混乱するか。しかし、その混乱の中から、日本は再生しなければならないのだ。それは、もしかしたら戦争よりも大変なことなのかもしれない。金内は、その大変な仕事をやれ。そして、生きるために僕の後ろで敵が入り込めないように守れ、決して前に出るな。もし、僕が墜とされたら、その場から逃げろ。たとえ、卑怯者と言われても、逃げてこの戦争を生き抜け』そう言ったのです。

『生きることを考えてもいいいんだな?』と聞くから『生きることを考えるんだ』と答えたのです。

それを聞いて彼は、ほっとした様子でした。それからの彼は、以前の機敏で大胆な金内に戻りました、戦う目的ができたようでした。その日以来、僕たちは二機で一緒に行動し、二機以上の敵とは戦わないようにしました。これは上手くいきました。零戦より強力なグラマンも何機か撃ち墜とすことができた。

しかし、あの日は今までと様子が違っていた。敵は爆装機には目もくれずに、直掩機だけを潰しにかかってきた。

先頭の二機まではなんとか墜としたけれど、味方よりはるかに多い敵機の中で悪戦に陥った。敵の中から抜け出そうとしているうちに敵に囲まれてしまい、そのうちの一機がついに僕と金内のあいだに割り込んできた。その後、どう戦ったのか全く覚えていないけれども、敵機をかわしながら、なんとか近くの雲に飛び込んで敵を撒くことができた。しかし、同時に金内ともはぐれてしまったことに気がつきました。敵に見つからないように雲から出入りしながら、燃料のギリギリまで探しましたが、とうとう彼は見つからなかった。しかたなく基地に戻ったときにはガス欠寸前でした。戻りながら、金内は先に帰っていることを念じていたのですが、彼は戻っていなかった。滑走路に立って飛行時間切れになるまで待ったのですが、彼は戻ってこなかった。不時着の可能性もあるので隊では各所に探索を手配しましたが、見つからなかった。そうしているうちに、二日後の四月七日に坊《ぼう》ノ津《のつ》沖の海上で、味方の駆逐艦が金内の零戦の尾翼《びよく》を拾い上げたのです。場所が、生還が望めないほど沖合だったので、戦死が確定しました。

これが金内の最期です。このことをお伝えしたくて来たのです」

「そうですか、ありがとうございました……。兄は……兄は立派に死んだのですね」

「立派でした。最後まで、誰よりも立派に海軍軍人として戦って、死にました」

(お兄ちゃんは最後まで私たちを守ってくれたのか)

チエちゃんは思った。

(貧乏だからって、小さいころ近所の子に、よく泣かされたっけ。そのたびにお兄ちゃんは、いじめっ子を懲らしめてくれた。一年生の喧嘩に五年生が出てくるって笑われても、必ず助けにきてくれた。たとえ年上の強い相手でも。おかげで二年生になるころには、誰も私をいじめなくなった。お兄ちゃんは、小学校のころからお母さんを手伝って、家の仕事をしていた。仕事に忙しくて、宿題をやる暇が無くって、夕食のあとに半分眠りながら宿題をしていたっけ。そして、お母さんや私を助けるために海軍に入って……。最後まで私たちを守ってくれた）

「生きるべき金内が死に、死んでも構わない僕が生き残ったことがとても残念です」

「いいえ、そんなふうには思わないでください。兄の最期を伝えて頂いて、ありがとうございました」

「今の話を、僕からお母さんにいたしましょうか？」

「いいえ、母には私から折を見て話します」

「そうですか」

そう言うと宗吉は、鞄をガサガサ探っていたが、やがて厚い手紙の束を取り出した。

「これは金内が出そうと思っていた手紙です。本来、こうした信書は、隊の方で処分する決まりですが、僕が独断で持ち出しました。そういうものですから、これは貴女《あなた》とお母さんだけで読んでください」

「ありがとうございます」

差し出された手紙の束を、おずおずとチエちゃんが受け取り、二人の手が触れあった。宗吉の指にチエちゃんの温もりが伝わった。

「あの……」

言葉を続けようとした宗吉の声が耳に入らない様子で、チエちゃんは手紙の束を、身じろぎもせずに見つめていた。手紙と葉書には、右肩上がりの癖の強い、懐かしい文字が並んでいた。

(もう一度、みんなでご飯を食べたかったな。お兄ちゃんに、お母さんの料理を食べさせてあげたかったな)

手紙の束の上に、チエちゃんの涙が一雫おちた。

翌日、チエちゃんが部の練習を終えて校門を出ようとすると、宗吉がいた。練習のあいだ、ずっとそこで待っていたらしい。

「もう少しお話があるのですが、宜しいですか?」

「はい」とチエちゃんは宗吉に従った。

宗吉は黙って金毘羅山へ向かう道を登って行った。学校を取り囲むように建っている民家の家並が切れ、山頂に続く急な坂になっても彼は下を向いたまま歩いた。

つづら折れの坂を曲がった先が、白いトンネルになっていた。白い小さな花を綿のように付けた大木の並木が道の向こうまで続き、両側から覆いかぶさる枝で、そこは白いトンネルのようだった。おりから満開の花は、風もないのに枝から舞い落ちて、トンネルが紙吹雪で満たされたように見える。花からの甘い香りが二人を包んだ。

「うわぁすごい、綺麗ですね」

宗吉が感嘆の声を上げた。

「油桐よりも枝がまっ白だ、こんな見事な並木は見たことがない。何の花でしょうか？」

「針槐《はりえんじゅ》です」

「ハリエンジュ？」

「ニセアカシアとも呼びます」

「詳しいのですね」

宗吉は、枝から降ってくる花びらを見ていた。落ちる花びらの音が聞こえるような、静かさだった。

やがて彼はチエちゃんを振り返ると、心を定めた様子で話し始めた。

「昨日お話ししたほかに、まだ話していないことがあるのです」

「何でしょうか?」

「金内に決して死ぬな、と言ったことをお話ししました。しかし、実はそれでも金内はこころが定まらないようだったのです。まだどこか思い切りがつかないようだった。当然です、いくら生き延びろと言われたところで、戦闘機乗りは死の現実から逃れることはできない。敵との戦力の差は日増しに広がっていく、どう上手く戦っても限界が来ることは目に見えている、掩護する特攻機が無くなれば、今度は直掩機自身が特攻せざるを得ない。自分たちにとって死は必然でした。

けれども、その死の恐れを克服してこそ生き残れるのに、彼は自分が死んだあとの不安にまだつきまとわれていた。家族が路頭に迷う不安、自分ではどうすることもできない不安に。

それだから、僕は言ったのです。万が一、金内が帰れないようなことがあれば、智恵子さんとお母さんの面倒は僕が見ると!」

「もし、金内が死に僕が生き残るようなことになれば、そのときは、智恵子さんとお母さんは僕が引き受ける。決して苦労はさせない、約束すると言いました。それを聞くと、金内はとても喜び、安心した様子で、嬉しそうな顔で、僕に何度も約束の念を押したのです。僕は彼に約束は必ず守る、と答えました。

だから、それだから僕は、金内との約束を守らなければならない。どうでしょうか、僕と一緒になって頂けないでしょうか？　もちろん今すぐにじゃない。この戦争が終わって、僕が軍隊から帰ってきての話です。どうでしょうか？」

チエちゃんは黙って俯いた。向かい合った二人の間に沈黙が挟まった。何と答えるだろうか？　どう答えようか？　それは重たい沈黙だった。

いつのまにか微風が立った。葉のざわめきが枝から枝、梢から梢へと伝わり、花びらが一層散る。いくつもの白い花が、チエちゃんの肩に止まり、風に吹きはらわれていった。その淡い肩がこころなしか震えた、と見えたとき、チエちゃんは決然と顔を上げ、

「はい、お受けいたします」

と答えた。

「ほんとうですか、本当にいいのですか。嬉しいな」

宗吉はそう言うと、チエちゃんの両手を握りしめた。しかし、チエちゃんは必死な顔で宗吉を見上げながら、

「でも、一つだけ約束してくださいい」

「何でしょうか？」

「必ず迎えに来てください。必ず生きて帰って、私を迎えに来てくださると約束してください」

「分かりました、約束します」

宗吉は、チエちゃんの手をいっそうきつく握りしめた。チエちゃんは、その手を振りほどこうとはしなかった。

※

六月十日、いよいよ『夕べ』の日がやってきた。暖かくて良い日和だ。今日は演奏会を邪魔する空襲警報が出ないことをみんなは祈った。

音楽室での最後の練習のあと、揃って出発した。会場の公会堂に到着すると、みんなに

手を振っている人がいる。昭子先生だ！

「昭子先生、来てくださったんですか」

「来ますよ、みんなの『夕べ』だもの」

「お変わりありませんでしたか？」

「ええ、変わりなく元気よ。みんなも元気でやっていた？」

久しぶりの挨拶が賑やかに続く。

「ねえ、みんなで記念撮影をしましょう。カメラを持ってきたから」

先生はライカのカメラを取り出した。

「先生に撮ってもらうのは初めてですね」

「それは撮るわよ。撮ってあげるって約束したじゃない」

「あの約束を覚えていてくれたんですか？」

「忘れませんよ」

みんなが笑顔になり、入り口の石段に整列した。昭子先生はファインダーから顔を上げると、

「佐々木先生はなんでそんな端にいるんですか。指揮者らしく真ん中に居ないとダメで

しょう」

昭子先生に言われて、ようやく佐々木先生はヤッチンと並んで真ん中に立った。

控室には演奏会の手伝いに先輩たちが集まってくれていた。サエさん、スギさん、トモさん、ニレさん……。

「みなさんお忙しい中、ありがとうございます」

ヤッチンがお礼を言うとサエさんは、

「合唱部の『夕べ』ですもの忙しいなんて言っていられないわ。それにしても岩代さん、あなたよく頑張ったわね。今年は『夕べ』なんてとてもできないと思っていたのに、さすがに岩代さんだと感服したわ」

「ありがとうございます。でも伝統のある『たちばなの夕べ』の名前を使うことができませんでした」

「そんなの構わないわよ。県女合唱部の『夕べ』ですもの。『夕べ』と付いているだけで充分だわ。今日は県女合唱部ここに在り、という歌をみんなに聴かせてくださいね」

「はい、一生懸命歌わせていただきます」

お客さんの入りが心配で、舞台の袖からそっと客席を覗いてみた。薄暗い客席に黒山の人だかりとしか言いようがないほどに入っている。戦争に明け暮れ、戦争しかない毎日の中で、人々はわずかでも戦争から離れた楽しみを求めているのだろうか。開演までまだ二十分以上あるのに空席はほとんど無かった。

サエさんが開演が近いことをアナウンスし、部員が舞台に整列する。シノちゃんがピアノの前に座り、佐々木先生がみんなの前に立つ。一ベルが鳴った。緞帳の向こうから人々のざわめきが聞こえてくる。舞台の袖から見た黒山の人のざわめきだった。思ってもみなかった聴衆の多さにみんなが緊張する。動員の毎日でほとんど練習ができなかった。声は出るだろうか？　音を外さないだろうか？　ハーモニーが揃うだろうか？　舞台に立っていながら頭に浮かぶのは心配ばかりだった。朋は二年前の『夕べ』の足が震える緊張を思い出していたし、ヤッチンまでが堅く口を結んで前を見つめている。

二ベルが鳴る。口の中がカラカラだ。

みんなの緊張を見た佐々木先生が、

「気楽に歌を楽しもう。なに、少しくらい音を外しても大丈夫だ。聴く方も久しくまともな音楽を聴いていない。音がズレていることなんか気づかないさ。楽しむぞ！」

みんなが頷く。

先生の合図で緞帳が上がり、暗い客席から拍手が押し寄せる。先生の指揮棒が上がって『夕べ』が始まった。

確かに声は出ていなかったかもしれない。十一人では音の厚みが足りなかったかもしれない。スタッカートの歯切れは悪く、フェルマータの伸びは足りなかったかもしれない。しかし、不思議にハーモニーは合った。それぞれのパートが、それぞれの役を果たして、みんなで一つの音楽を作ることができた。歌い始めてすぐに緊張を忘れた。歌うことを楽しめた。隣のメゾ・ソプラノも楽しんでいた。ソプラノの声も明るく楽しそうだし、ピアノのシノちゃんも活き活きと弾んだ音を出していた。歌うことが嬉しかった。

聴衆たちも楽しんでいた。戦争貫徹一色の時代の中で、敵撃滅の言葉しか聞かれない毎日の中で、異なる音色を調和させて、互いが支えあい、一つの音楽を作り上げていることに聴衆たちはこころを動かされていた。『お月さんいくつ』『どんぐりころころ』『七つの子』、これらの歌を聴衆が最後に聞いたのはいつだっただろうか。太平洋戦争が始まって以来、歌謡曲と言われるものにまで「勇ましく」や「強い国」などといった、戦争を鼓舞する歌詞が入れられていた。そうした言葉がなければ検閲を通らなかったにしても、歌の世界までが殺伐とした戦争一色だった。だから、『夕べ』の聴衆たちは朋たちと一緒に、平和だったころの懐かしい歌々を楽しみ、口ずさんでいた。

しかし、会も終盤にさしかかった時、いきなり一人の巡査が立ち上がり「演奏中止」と叫んだ。

落語や演劇ならば警察が臨検することがあるが、音楽会で警察官が立ち会っているのは不可解だった。空襲の多い昨今、多人数が集まる会の混乱を警戒したのだろうか。

「この時局にあってなぜ童謡や唱歌ばかりなのだ。軍歌はどうした。愛国心が足りないのではないか」

会場が一瞬で凍りついた。相手が警察官だから誰も何も言えない。

二年生の誰かが小さく「警察が、やぜらしか（煩わしい）」と呟いた。それを聞いた警察官の娘のマコちゃんがベソをかく。

「マコちゃん大丈夫だよ、あなたのお父さんじゃないんだから」

「そうだよ、マコちゃんは関係ないから」

周りが慰めた。

臨検席から舞台の正面にゆっくり歩いてきた巡査は、朋たちを睨みながら、

「今の苦しい中で戦っている兵士を想い、市民の戦意を高めるために軍歌を歌わんか、軍

歌を」

先生は少し考えて、『海行かば』と言って指揮棒を上げた。

『海行《うみゆ》かば 水漬《みづ》く屍《かばね》 山行《やまゆ》かば 草生《くさむ》す屍《かばね》 大君《おおきみ》の 辺《へ》にこそ死《し》なめ かへりみはせじ』

第二の国歌と言われるほどに知られている曲だったが、三部合唱に編曲された歌は荘重でありながら清浄な聖《きよ》さがあった。

しかし巡査は、

「なにが海行かば、だ。勇ましい、景気のいい軍歌をやれと言っているのだ。負け戦の玉砕の歌など、縁起でもない」

先生は指揮棒を握りしめて、

「『海行かば』は負け戦の歌などではありません。死を賭《と》しても大君のために仕える覚悟を歌ったものです」

「なんだと、貴様は本官に逆らうのか」

その時、「巡査横暴、ひっこめ」と怒鳴る声が聞こえた。

見ると聴衆席の真ん中で、一人の海軍士官が立ち上がっていた。チエちゃんを訪ねてきた斎藤宗吉中尉だった。

「貴様、海軍だな。海軍が警察に逆らうつもりか」

「この会は『唱歌と童謡の夕べ』の題で県が開催許可を与えたものだ。だから唱歌と童謡ではないか。それが悪いというのならば、県の決定が悪いことになる。警察は県の決定に異を唱えるのか」

「なにを」

いきり立った巡査の周囲から「そうだ、唱歌と童謡の会だ」「警察横暴」「何が中止だ」「ひっこめ、ひっこめ」と中尉に加勢する声があちこちから上がり、会場が騒がしくなる。

警察官である自分に反抗された悔しさで、顔を真っ赤にした巡査はついに、

「この集会、不穏である。解散を命じる」

と怒鳴った。

会場全体の動きが止まった。警察官の中止命令は絶対だ。

沈黙した客席の一角から突然、『海行かば』の歌が聞こえてきた。人々の視線が集まるその先で、経専の制服を着た生徒が一人立ち上がり、震える声で『海行かば』を歌っていた。その顔は緊張のせいか真っ赤で、手が小刻みに震えている。それを見た聴衆が、一人ひとりと立ち上がり、歌に加わりだした。歌はやがて会場全体の大合唱になった。巡査は

周囲を見まわして、会場の全てが敵であることを知ると、制帽で顔を隠しながら、こそこそと逃げて行った。『海行かば』の大合唱は何回も繰り返して歌われた。

翌日、佐々木先生が校長室に昨夜の報告に行くと、校長先生は上機嫌だった。

「昨日の『夕べ』はよかったね、お客さんもみんな喜んでいた。やって良かったよ」

「はぁ、しかし、警察ともめました」

「なに、気にすることはないさ。非は向こうにある」

『夕べ』は終わった。朋たちは、動員先の工場でヤスリ掛けの生活に戻った。来る日も来る日もヤスリを握る手は、黒い汚れが染みつき、ひび割れだらけで、ガサガサに荒れた。合唱部の誰もが気の抜けた顔をしている。祭りのあとの寂しさがしみじみと体中を満たしていて、ミサちゃんさえヤスリを持つ手に力が入っていなかった。

そんな朋たちを喜ばせる知らせが来た。無期延期になっていた専攻科の入学式が、八月十日金曜日に行われることが決まったというのである。第一部二十八人、第二部三十四人という。

この知らせを持ってきてヤッチンは、

「八月十日に専攻科の入学式があるそうよ」

「え？　今ごろ入学式？」

大きく時期のズレた入学式をシノちゃんが訝《いぶか》しがる。

「何かの間違いじゃない。それは誰からの情報なのよ」

ミサちゃんも単なる噂か、と疑う。

「担任の角田先生だから間違いはないわ」

「やっと新入生が入ってくるのね」

シノちゃんが目を輝かした。

「いつまでも入学させずに、宙ぶらりんにしておけないものね」

得心した顔でミサちゃんが頷く。

「十七回期は六十二人だって」

「六十二人！　私たちの回期よりずいぶん多いじゃない」

「やっぱり教師をつくりたいのかなぁ」

シズちゃんが少し嬉しそうに聞くとヤッチンは、

「そのようね。若い男の先生はみんな兵隊に取られちゃったから」

「六十二人かぁ。それだけいれば何人かは合唱部にも入ってくるわよね」

「きっと入ってくるわ。この春の本科の卒業生は歌が好きな人が多かったから」

ヤッチンがみんなを励ますように言った。

「そうかぁ、一年生の部員が入ってくるのかぁ」

「嬉しいね」

「たのしみだね」

「早く八月十日にならないかなぁ」

※

本土決戦の準備が進むうらで、多くの資材を必要とする造船所は、資材不足のためにますます仕事がなくなった。そこで仕事のある兵器、電機の工場へ生徒を移すことになった。その際に工場側は、いつ入るか分からない資材と、細かく変わる軍の要求に応じるため、少人数の班を多く設けることと、生徒たちが自律的に動けることを学校側に求めてきた。臨機応変に必要な職場へ人を移せ、工場の人間が付きっきりで指示をしなくても済むように。

この、少々身勝手な要求に学校側は、学年別クラス単位とは別に、部活動単位の編成を考えついた。人数が手ごろだし、部長以下部員の統制が取れているから機動的、自律的に動けるはずだった。そこで、水泳部や排球部と一緒に、合唱部員だけの学徒隊がつくられ、長崎兵器製作所茂里工場に動員されることが決まった。茂里工場は軍艦が使う魚雷を造る工場だった。


茂里工場に移っても、仕事はヤスリ掛けだった。この工場には本科四年生も動員されていて、朋たちは教育実習という名目で、彼女たちの面倒も見させられた。

毎月八日は対米英開戦を記念する「大詔奉載日《たいしょうほうさいび》」で、朝礼では特に宮城を遥拝して宣戦の詔勅《しょうちょく》を奉読《ほうどく》する。この日のお昼は、特配の、昨今めったに見られない、純粋に米だけで作られたおにぎりが貰えることが楽しみだった。

茂里工場では、この日に工場の歌を歌う決まりがある。

『壮烈無敵《そうれつむてき》の海軍《かいぐん》が　マレーの沖《おき》や真珠湾《しんじゅわん》　敵《てき》の主力《しゅりょく》を撃滅《げきめつ》の　魚雷《ぎょらい》を思《おも》えば胸《むね》が鳴《な》る
堂々《どうどう》技術《ぎじゅつ》を誇《ほこ》ろうぞ　●●兵器《へいき》の名《な》のもとに』

面白い歌だと思ったが、佐々木先生がやりそうな曲ではなかった。

茂里工場で合唱部全員が一緒になれたことが嬉しかった。今までは学年や第一部二部の違いで、みんなが顔を揃えられるのは月に一回くらいだった。それが、ここでは毎日一緒にいられる。

工場の裏手にはドブ川が流れている。工場の排水を流すもので、その横が少しばかり空き地になっていた。建物の陰に隠れているその空き地を練習場にして、朋たちは合唱の練習を再開することができた。昼休みの短い時間だったが、久しぶりの練習は嬉しかった。ドブ川に近い空き地は蚊がたくさん来たが、人が来ないのがありがたかった。「工場の中で唱歌や童謡を歌っているなんて」と、人に咎められるのが怖かったのだ。少々恐る恐るの練習だったが、みんなで歌えることが楽しかった。

ピアノも、楽譜も、指導の先生も、何も無い練習だった。シノちゃんが口で出だしの伴奏をして指揮をする。何も無くても誰もこないから、久しぶりに『アヴェ・ヴェルム・コルプス』も歌うことができた。

そうした練習が十日ほど続いたとき、不意に総務課の主任が空き地に現れた。

「君たちはこんなところで歌っているのかい」

全員が身を固くするなかで、部長のヤッチンがみんなの前に出て、

「すみません。いけなかったでしょうか?」

「いけなくはないよ。しかし、ここは蚊が来るだろう」

「はい、たくさん来ます」

「こんな排水路の横よりも、本部棟の前で歌えばいいのに」

「歌っていいのですか?」

「構わないよ、昼休みなら」

みんなの顔が喜びに輝き、次の日から本部棟の玄関ポーチが練習ステージになった。

彼女たちが歌っていると、すぐに工員たちが集まるようになった。その中には、本科生や挺身隊の女性たちもいて、玄関ポーチの前の広場を華やかにした。人々は晴れた日は日陰に、曇りの日はステージの前に、雨の日は軒下に集まった。練習を聴かれるのは少し恥ずかしかったが、聴いてくれる人がいることは張り合いがあった。

練習は唱歌や童謡や民謡を中心に、四十分ほどのミニ・コンサートになり、午後の始業のサイレンとともにお開きになる。時には工員からリクエストが出た。『長崎音頭』『長崎のお蝶さん』『炭坑節』『影を慕いて』……。レパートリーであるかぎりは応えたし、人々

の歌いなじんだ曲だから、広場中の大合唱になる時もあった。

ある日『祇園小唄《ぎおんこうた》』をやってくれ」とリクエストされた。『月《つき》はおぼろに東山《ひがしやま》　霞《かす》む夜毎《よごと》のかがり火《び》に　……』という曲である。

「部で練習したことがないので」

とヤッチンが断ると、

「県女は堅いなぁ、もう少し柔らかくならないとダメだぞ」

隣の工員が、

「お前の焼き入れみたいに柔らかいのも困るがな」

と茶化した。苦労ばかりの工場で、工員たちにもこの昼休みは心のなごむ時間だった。

ある日、先日の総務主任が来て、

「『アヴェ・ヴェルム・コルプス』を歌ってくれませんか」

とリクエストしてきた。

ヤッチンは少し驚きながら、

「カトリックの讃美歌ですが、いいのですか？」

「べつにミサを立てるわけじゃないから構わないよ」

ドブ川横の練習を聴かれたかな、と思ったが、あの曲を歌えることは嬉しかった。

二日後に『アヴェ・ヴェルム・コルプス』が歌われた。

『アヴェ　アヴェ　ヴェルム　コルプス　サートゥム　デ　マリア　ヴィリジネ（めでたしめでたし　乙女《おとめ》マリアより生《う》まれし真《まこと》の御躰《おんからだ》）』

ピアニッシモで歌が始まったとき、工員たちの動きが止まった。弁当を使っていた人も、箸を止めて身じろぎもせずに、ステージを見つめる。

『ヴェーレ　パッスム　イムモラートゥム　イン　クルーチェ　プロ　オーミネ（まさに苦《くる》しみを受《う》け給《たま》いぬ　人々《ひとびと》の犠牲《ぎせい》として十字架《じゅうじか》の上《うえ》にて）』

伴奏がないので間奏なしに『クゥユス　ラートゥス　ペルフォラートゥム（御脇腹《おんわきばら》を刺《さ》し貫《つらぬ》かれ）』と歌い継がなければならなかった。

『ウンダ　フルクスィットゥ　エットゥ　サングィネ（水《みず》と血《ち》とを流《なが》し給《たま》いし方《かた》よ）』と続けたところで朋は、多くの工員たちの目に涙が光るのを見た。彼らの多くは、歌詞の意味は分からなかっただろうけれど、ただ朋たちの歌に感動してくれていた。朋は自分たちの歌で涙してくれることに、こころが一杯になった。

『エスト　ノオビス　プレグスタートゥム　イン　モルティス　エクサミネ　イン　モル

ティス　エクサミネ（願《ねが》わくは先立《さきだ》ちて負《お》い給《たま》え　我等《われら》の死《し》の試練《しれん》の時《とき》を　我等《われら》の死《し》の試練《しれん》の時《とき》を）』

最後の音が静かに消えたとき、工場の広場が静寂につつまれた。次の一瞬、大きな拍手が、まさに万雷のような拍手が起こった。一人の工員が立ち上がると次から次へと続いて、ついに広場の全員が立ち上がって拍手をした。その光景は六月の公会堂の聴衆に似ていた。公会堂では歌を取り戻した喜びが、ここでは真の歌に触れた感動が人々を立ち上がらせていた。広場中に響き渡る拍手はいつまでも鳴りやまなかった。

しかし、彼女たちの歌が全ての人に喜ばれたわけではない。ある日の昼休みに、本社の総務部長がやってきた。彼は、広場に群がる工員たちを眺めまわし、玄関ポーチに立つ朋たちを睨みながら玄関に入っていった。朋たちは何か言われるか、と気が気ではなかったが、何もないままに、その日のことは忘れていた。しかし、部長から苦情が出たことを、あとで総務主任が話してくれた。

部長は、事務室に入ると総務課長を呼びつけて、

「あれは一体なにごとだ」

「はい、勤労動員できている高女生が昼休みに合唱の練習をやっていて、休み時間の工員

たちが聴いています」

「何の歌だ？」

「童謡や唱歌のようです」

「なに、工場の中で童謡とはどういうことだ。今がどういう時世なのかこころえているのか。社歌や軍歌ならまだしも、子供の歌などけしからんではないか」

「はぁ、いけませんでしたでしょうか？」

「当たり前だ。たとえ昼休みとはいえ、神聖な工場の中で、遊戯に等しい歌を歌っているなど不謹慎だ。そんなことで工場の秩序が保てると思っているのか。仮にも本工場は、軍に納める魚雷を造っているのだぞ」

「はぁ」

「即刻止めさせろ」

「はぁ、しかし、あれをやりだしてから工員の動きが良くなり、製品の歩留《ぶど》まり（製造品のうちの良品の割合）も向上しておりますので」

「なにを言っておるか。そんなことでしか歩留まりを上げられないとはどういうことだ。これが本社の役員に知られたら何と言われると思う。どう責任をとるのだ」

「はぁ、しかし、昼休みのことですから少しは自由にしてもいいかと」

「自由だと、君は自由主義者か？」

「いいえ、違いますが……」

「つべこべ言うな、すぐに止めさせろ」

「お言葉ですが、決戦のために必要な兵器を造ることは我々の使命です。今の時局に鑑《かんが》みるならば、少しでも良い製品を、少しでも多く造ることが、何よりも優先されるべきだと考えます。そのためには、いかなる手段を使っても許されると思います」

総務課長は食い下がった。

「何だと！　君は私に逆らうのか」

「そういう訳ではありませんが。お願いします、責任は私が負いますので、合唱を続けさせてください」

「よし分かった、責任は全て君がとるのだな。今の言葉を忘れるなよ。私はこのことは何も知らなかったことにする」

そう言い捨てると部長は部屋を出ていった。課長の頑張りで朋たちは歌い続けることができたのだった。

このころになると、長崎の街には毎日のように空襲警報、警戒警報が出されるようになった。動員の生徒たちは警戒警報で防空壕に避難しなければならない。県女の防空壕は山王神社《さんのうじんじゃ》の崖下に決められていたが、工場からそこまでは一キロ近くあったから、何回も警報が出されると、壕への往復だけで時間が過ぎて仕事にならない。

しかし、警報は出ても長崎は四月以来空襲されることがなかった。B29は長崎市民の頭の上をとおり過ぎて、大村の航空基地や九州北部の工場を攻撃していった。いつも決まったような時間にとおり過ぎていく爆撃機を、人々は「定期便」と揶揄《やゆ》したが、やはり長崎は捕虜収容所があるから爆撃されないのだろうか。

そんなふうに軽く見ていたが、ついに七月二十九日、空襲がやってきた。その日は三十二機の攻撃機が飽ノ浦の造船所やドックを爆撃していった。造船所の沖合に停泊していた輸送船も沈められ、同行してきた戦闘機は金毘羅山の高射砲陣地などを機銃掃射した。攻撃機も戦闘機も沖縄の基地から飛んできたものだった。

二日後の七月三十一日には爆撃機が香焼島《こうやぎしま》の造船所や市街地を攻撃した。もはや米軍

※

は、いつでも、長崎のどこをも思いのままに攻撃することができるのだった。目標がはっきりと見える昼間に堂々と。

空襲警報は「定期便」の到着を知らせるものではなく、爆撃と銃撃の危険を知らせるものに変わった。朋たちは、蒸し暑くカビ臭い防空壕の中で、本科の生徒を庇いながら、その音を不安な思いで聞いた。朋は、自分たちが攻撃の標的になっていることを覚悟しないわけにはいかなかった。空襲警報のサイレンは、一箇所が鳴ると誘われたように、次々と鳴りだす。六秒うなって三秒休む不気味な音は、遠近《おちこち》の音が重なり合い、やがて街全体が途切れとぎれに呻いているように聞こえた。

翌日も米軍は造船所や製鋼所などに合計百十二トンの爆弾を落とした。朋の茂里工場にも爆弾が一、二発落ちたし、数多くの戦闘機は市街地も工場も区別なく機銃掃射を浴びせていった。米軍機は、街中が燃え上がる炎の中で、長崎医科大学付属病院も爆撃した。屋上に大きく赤十字が書かれているにもかかわらず。

七月二十九日から連日のように続いた空襲だったが、八月二日と三日は天気が悪かったせいか、警戒警報もなく静かだった。さすがに米軍でも、雨が降っていては標的が見えずに出撃できないらしい。神風が吹くよりも、雨が降ってくれた方が長崎市民にはありがたかったかもしれない。

三日は強い風の吹き降りだった。昨日まで三十度超えの暑い日が続いていたのに急に涼しくなり、出勤で雨に濡れた朋は寒さに震えていた。市内は空襲で停電している。電燈も点かない暗い中では仕事もできない。空襲の恐怖と、工場に来る途中で見た破壊された街の景色が、こころを暗くして誰もが口を開かない。工場のトタン屋根を叩く雨の音だけが辺りを満たしていた。

陰鬱な雨は四日の昼前になってようやく止んだが、同時に空襲の不安を呼び覚ます警戒警報のサイレンも鳴った。五日は工場に落ちた爆弾の後片付けだった。朋はミサちゃんと大きなコンクリートの破片を浦上川まで捨てに行くことになった。モッコの網にコンクリートの塊を入れて二人で運んだ。

「やれやれ、なんで花も恥じらう乙女がこんなモッコを担がなきゃならないのよ。しかも、本当なら夏休みの八月なのに、まったく散々だね。これじゃあ夏休みどころじゃないよ」

ミサちゃんが先棒を担ぎながら愚痴をこぼす。

「八月になったんだね、空襲で気がつかなかった。八月かぁ、スイカ食べたいな」

朋が後ろから応えた。

「スイカね、今度家に帰ったら持ってきてあげるよ」

「帰るの？」

「うん、九日に帰ろうと思ってる。畑の草取りが忙しいころだから、手伝おうって思って」

「欠席届は出したの？」

「学校に出してある」

「彼杵は空襲警報が鳴らなくて静かでいいだろうなぁ」

「静かすぎるよ、夜はカエルの声しかしないもの」

そのとき突然、空襲警報が鳴った。警戒警報なしのいきなりだった。二人はモッコを捨てて、近くの防空壕に駆け込もうとしたが、そこはすでに工員たちでいっぱいだった。無理に割り込もうとすると、入り口に固まっていた佐賀師範《さがしはん》の生徒が「県女の防空壕は坂本町《さかもとまち》だろう」と押し返してきた。ミサちゃんは仁王立ちになって、

「空襲警報の中を坂本町まで走れって言うの。誰それの防空壕だって言ってる時じゃないでしょ。これだから佐賀師範は嫌いなのよ、融通が利かないんだから。さあ、膝を抱えて

丸まって。隙間ができるでしょ」

と言うと、朋を連れて強引に割り込んでしまった。

「気の強え女だなぁ」

師範の生徒はブツブツ文句を言っている。

「ミサちゃんすごいね」

朋が感心すると、

「当たり前よ、こんなところで死ぬわけにはいかないわ。私は家に帰って弟や妹の面倒を見るんだから。帰ってお母ちゃんに楽をさせてあげなくちゃいけないんだから」

朋もこんなところで死にたくないと思った。

いきなりの空襲警報だったが、しかし、これは友軍機を見誤ったものだった。長崎の人は、飛行機の爆音だけで空襲を恐れるようになっていた。


連日の空襲で、工場は郊外への疎開を早めることになり、合唱部も北部の大橋工場に移動することになった。合唱部は応援部隊のようなものだったから、工場側は手軽に移動させたような感じがあった。移動日は、八月九日だった。

茂里工場最後の日の八月八日は大詔奉載日で、朝一番に詔書の奉読式があるはずだったが、警戒警報が出たので学徒隊は防空壕へ退避した。

朋たちは蒸し暑い壕には入る気がせずに、崖際の木陰で様子を見ることにした。青い空からの日差しが暑かったが、木の下は涼しい風が通って気持ちがいい。みんなで風に吹かれていたらシノちゃんが、

「今日の新聞を読んだ?」

と話を出してきた。

「寮生は新聞なんて古新聞しか読めないよ。何か書いてあったの?」

ミサちゃんが答える。

「広島に新型爆弾が落とされたんですって」

「あぁ、それなら私も読んだわ」

とヤッチンが話に加わる。朋は忙しい朝には新聞を読まない。

「新型爆弾って、どんなやつ?」

ミサちゃんが尋ねるとシノちゃんは、

「詳細は目下調査中っとあって詳しくは分からないけれど、少数機の攻撃により相当の被害が出た模様って書いてあったわ」

「ふーん、少数機ねぇ。二、三十機じゃないってことね」

ミサちゃんの言葉にヤッチンは、

「そう、新聞には少数機といえども侮るなかれ、と書いてあったわ。それに、横穴式防空壕など諸般の防空設備を整備するを要す、とも書いてあった」

と付け加えた。

「へー、そー。それじゃあ今度は、防空壕の穴掘りをやらされるかもしれないわね。やれやれ」

ミサちゃんが辟易《へきえき》したように空を仰いだ。

結局、敵機は来ず、昼休みに奉読式が行われた。合唱の練習時間を削られたが、式の中で白米のお握りが配られたので嬉しかった。

※

八月九日、合唱部はまず学校に集まった。動員担当の教師から移動にあたっての注意を聞くためだった。前の登校日からまるまる一カ月ぶりの学校は懐かしかったが、しかし、学校はどこか様子が変わってしまっていた。生徒の姿は少なく、代わりに電機製作所や県庁経済部の職員が忙しそうに行き交っていて、どこかの会社に来てしまったような、馴染みのない雰囲気だった。

集合場所の音楽室に来てみるとミサちゃんがいた。

「ミサちゃん、今日は欠席じゃなかったの？」

モッコを担ぎながらの会話を思い出して朋が尋ねるとミサちゃんは、

「そのつもりだったんだけど、今日は大橋工場への移動日でしょ。入所式に全員が揃っていないのは格好が悪いじゃない」

「そうかな？」

「そうだよ、格好悪いよ。だから欠席を取り消したの」

「そう、残念だったわね。畑の草取りだったんでしょ」

「うん、でも大丈夫よ。弟たちが手伝うだろうから。まあ、一週間遅らせてお盆に帰るわ」

「お盆は汽車が混むから大変だろうね」

「混むのはいつものことよ。混まない汽車は貨物列車だけだね」

ミサちゃんはそう言って笑ったけれども、弟さんや妹さんたちは帰ってくるのを待っていたんだろうに、と朋は思った。

そんな話をしているうちに佐々木先生が教室に入ってきた。今日の引率教師だった。

めったに笑わない先生が、みんなの顔を見て笑いながら、

「やぁ、みんな元気そうだな。だいぶ痩せたじゃないか。今どき太っているやつは非国民といわれるから、それくらい痩せているのが丁度いい」

と言った。先生と顔を合わせるのも一カ月ぶりだった。

「明日は専攻科の入学式があるのを覚えているな」

「はい」

とヤッチンが答える。

「式でいつも通り校歌を歌うから朝八時半にここに集合してくれ」

「制服ですか?」

「いやブラウスに黒のモンペ、普段の格好でいい」

「久しぶりに制服を着られるのを楽しみにしていたのですが」

「ははっ、この暑いのにワンピースドレスの制服は大変だろう。制服は涼しくなってからにしよう」

この日は朝から空襲警報が何回も出ていた。六時半に出て、それが解除されないまま、また八時過ぎに出て、結局解除されたのは九時前だった。だから全員が揃ったのは九時半を過ぎていた。大橋工場への出頭時間は十時だったが少々遅れそうだった。動員担当教師は、

「今日の入所式は合唱部だけだから少しくらい遅れても構わない。先方には連絡しておく」

と言った。担当教師の話は短かった。

「今日、入所式で出される指示に従うこと。特に機密保持は厳密に行うこと。報奨金の支給に関わるから、欠席する場合は必ず監督教師に連絡すること」

今まで何度も聞いてきたことで、今さら聞く必要もない話だったが、担当教師は義務として説明しておく、といった感じだった。

十時前に全員で出発。救急袋と水筒と防空頭巾を肩に掛け、佐々木先生を先頭にして二列縦隊で坂道を下った。諏訪神社前から乗った電車は、この時間にしては空いていた。公

会堂前、桜町《さくらまち》、なじみの長崎の街並みが続く。長崎駅に来ると四月の空襲の跡がまだたくさん残っていて、宝町《たからまち》、銭座町《ぜんざまち》はこの前の爆撃の焼け跡が酷かった。浦上を過ぎると空襲の跡は目立たなくり、晴れた空の中に金毘羅山の緑が瑞々《みずみず》しく見えた。中腹の段々畑が綺麗な水平線を作って頂上のすぐ下まで続き、頂上は豊かな木々の常盤色《ときわいろ》に包まれている。街は焼かれても、こんなに力強い山が残っている日本が戦争に負けるわけがない、と朋は思った。

大橋の停留所を降りると、その先は田圃と草はらで、その中にアスファルトの道が工場に向かって一本延びていた。

「周りは田圃と草はらばかりだから、昼休みにはまたみんなで練習が出来そうですね」

ヤッチンが周りを眺めながら言うと先生は、

「純心の専攻科も大橋工場に動員されているから、あちらの合唱部員がいたら一緒に練習できるように顧問の田所先生に話しておこう」

と引き受けてくれた。それを聞いてみんなから歓声が上がった。

工場の南門から入ると担当者が待っていて、仕上工場の前の広場に二列横隊で並ばされた。部長のヤッチンが右端で朋が左端、後列に二年生が並んだ。遅れたことは学校から連絡が届いているらしく、担当者は何も言わなかった。

目の前の工場は、巨大な壁だった。見上げるように聳《そび》えた壁が大きく左右に広がり、県女の講堂の倍はありそうだ。壁を見上げながら朋は目を空に向けた。青い空に羊のような雲がいくつか浮かんでいる。降ってくる陽射しが暑い。これから入所式をやるなら早くやって欲しかった。

しかし、壁の前に置かれた式台に立った担当者は佐々木先生と何か話し込んでいて、様子がよく分からない。先生は朋たちを指さして担当者に何か言っていたが、左端に立っていた朋を招き寄せ、

「この名簿を勤労課に出して確認してもらってくれ。勤労課はそこの技術部棟の地下だそうだ」

と後ろのコンクリート造りの建物を指さした。先生から名簿を受け取って技術部棟に走った。薄暗い地下に勤労課はあった。木の扉を開けて入ると数人の男工と女学生、挺身隊の女性がいて、県女専攻科の名簿と言うとすぐに受け取ってくれた。名簿を受け取った女性は、しきりに手元の書類と照合している。みんなは暑い陽射しの下にいるのに、照合はいつまで経っても終わらない。

「あのぉ、もうすぐ入所式が始まると思うんですが」

朋がおずおずと言うと、

「えぇ知っているわよ。でも、これは報奨金に関わるから入念に点検しないとね」

と急ぐ気配がない。やがて最後の書類をめくり終わった女性は、

「名簿は確認しました、と上の中村《なかむら》さんに伝えてください」

「中村さんですか?」

「あなたたちを案内した工員がいるでしょ、彼が勤労課の中村さん」

「ありがとうございました」

と挨拶して部屋を出た。

扉を閉めたと思ったとき強烈な光を見た。青白いマグネシウムを焚いたような、電気がショートしたような光だった。

(何だろう?)

入り口を振り向いたら爆風が襲ってきた。黒い塊のような爆風に突き飛ばされて朋は気を失った。

どれほど気を失っていたのか、気が付いたら辺りは真っ暗だった。地下室の電燈は消え

ていて、入り口から差し込む光だけが仄かに白い。立ち込めるホコリに咳き込みながら地下室を走り出て、我が目を疑った。さっきまで聳えていた壁が無くなっていた。壁の代わりに、むき出しの鉄骨が何本も傾きながら立っている。

（爆弾が落ちたんだ。空襲警報も無しに、いきなり爆撃されるなんて……）

起きていることが信じられずに呆然と立ち尽くしながら、朋は左腕に痛みを感じて我に返った。作業服の肘の上が大きく裂けていて血がしたたり落ちている。吹き飛ばされたときに何かが当たったらしい。腕の傷から目を戻すと、さっきまで立っていた広場はトタン板や木材が散乱している。そうした瓦礫の隙間から見えるコンクリートの色が妙に白々しい。その広場には人の姿が見えなかった。辺りは土埃《つちぼこり》が舞い上がり、夕方のように薄暗く、数棟先の工場は埃の中に隠れて見えない。仕上げ工場とその先の何棟かの工場が鉄骨だけになっていて、空に向かって斜めに突き出した何本もの鉄骨が巨大な獣の肋骨《あばらぼね》のように見えた。その骸《むくろ》のような鉄骨の根元には崩れた壁が積み重なっている。所々から煙が上がり、瓦礫だらけになった工場の中にはどこにも人の気配がない。辺りは異様に静かだった。

「みんなは？」

朋は瓦礫の風景の中にみんなを探した。

「みんな、どこにいるの？」

みんなの姿がどこにも見えない。

（みんなは爆弾から逃げていったのだろうか？　私は一人置き去りにされたんだろうか？

いきなりの爆撃でみんなは慌て、私のことを忘れてしまったんだろうか？）

何故みんながいなくなってしまったのか、朋には分からなかった。

「ヤッチン」

「ミサちゃん」

声のかぎりに叫んだ。しかし、応えは返ってこなかった。

爆風は朋の立っている背後から仕上げ工場の方に抜けていったようだ。だとすれば、みんなは爆風の抜けた先、仕上げ工場の先に逃げたに違いない。仕上げ工場の先は煙とホコリでよく見えなかった。朋はみんなを追いかけるために走り出した。数歩走ったところで佐々木先生がトタン板の陰に倒れているのが見えた。駆け寄って抱き起こすと先生の全身は血だらけで、仕上げ工場の壁際から血の痕が帯になって続いていた。

「先生、大丈夫ですか？」

「栗山か。やられたよ」

「みんなは?」

「全滅だ」

先生は血だらけの手を上げて工場の瓦礫を指さした。

「全滅……?」

先生の示した方を見ると、崩れ落ちた壁の下に人のようなものが見えた。そこには不吉に黒く太い鉄骨が積み重なり、勤労課の中村さんが立っていたはずの式台がひしゃげて挟まっている。人のようなものが本当に人間なのか、朋には見分けがつかなかった。

(全滅だなんて、そんなバカな!)

壁の下を確かめるために走ろうとする朋の腕を掴んで先生は、

「行くな、栗山。行っちゃいかん」

「でもみんなが」

「もう手遅れだ。それに危険だ」

見ると傾いた鉄骨が今にも崩れ落ちそうに揺れている。

「栗山、お前は行っちゃいかん。それよりも、学校にこのことを知らせてきてくれ。ここには本科生も動員されている。あの崩れた工場の下で助けを待っている生徒がいるはずだ。彼女たちの助けを呼んで来てくれ」

先生は細い声で朋に頼むと、

「栗山、水を持っていないか。喉が渇いた」

と苦しそうに喘《あえ》いだ。肩に吊るしていた水筒を探ったが見当たらない。救急袋は肩に掛かっているのに水筒と防空頭巾は爆風で飛ばされたらしい。周りを見ると壊れた水道から水が噴き出していた。

「先生、待っていてください」

転がっていた空き缶に水を満たして先生のところに走った。

「先生、水です」

声を掛けたが返事がない。

「先生」

さぐった手首に脈がなかった。

「先生……」

言葉が出なかった。傾いた缶から水がコンクリートの地面に流れた。

「先生……。これが末期の水になるなんて……」

朋はハンカチで血だらけの先生の顔を拭うと、その唇をこぼれ残った水で湿らせた。

「全滅だなんて……ウソだ……」

座り込んでしまいそうな朋の耳に「助けを呼んで来てくれ」という先生の声が聞こえた。末期の頼みの声が。


入ってきた南門から走り出た朋は、そこで立ちすくんでしまった。工場前の道路を異様な姿をした人々が北に向かって歩いていた。ある人はほとんど裸のようなボロボロの服で、ある人は顔面血だらけで、ある人は裸の上半身から襤褸《ぼろ》切れのような皮膚を垂らして。男か女かさえ定かに分からない人々は、一様に腕を前に垂らし、背中を丸めて、夢遊病者のようなおぼつかない足取りで歩いて行く。多くの人が石灰の粉を頭から被ったように白かった。

（この人たちはいったい誰なのか？　どこから来たのだろうか？　どこに行こうとしているのだろうか？）

疑問だらけで朋は、人々が歩いて来る方を見て愕然とした。空の全ては煙で覆われ、煙の下には真っ赤な炎が立ち昇っていた。松山町《まつやままち》、山里町《やまざとまち》、岡町《おかまち》……、目に入る限りの町々が燃えている。この工場が爆撃を受けたとばかり思っていたのに、長崎の街全体が燃えているとは……。尋常ではない攻撃を受けたのだ。

(これでは電車もバスも動いていない。歩いて学校に行かなければ)

しかし、夢遊病者の人々の流れに逆らって街の中心に行くことはできそうもない。朋はいつかシズちゃんと純心高等女学校に来たとき、浦上川を渡る橋が見えたことを思い出した。それを渡れば金毘羅山の麓に出られるはずだ。

橋の手前で、女学校のグランド越しに見ると、木造の校舎は真っ平に倒れ伏し、コンクリートの校舎も二階から上が無かった。どこもかしこも炎だらけで、シズちゃんと田所先生を訪ねた音楽室も炎の中だった。

橋の上まで来て朋は恐怖で足が止まった。川岸は倒れた白い人で埋まっていた。川に向かって這っていく人、苦しそうな息をしながら天を仰いでいる人、座り込んで自分の流れ出る血を眺めている人……。人々のあちこちからは「水、みず」「熱い、あつい」と呻き声が聞こえる。人に混じって駄馬が一頭よこたわり、裂けた腹から内臓をはみ出させながら時々足をひくつかせている。このまま橋の上に立っていると、それらの中に落ちていきそうで、橋を一気に走り渡った。

橋の先は燃える民家の煙で見通しがきかなかった。周りの様子を確かめようと純心の裏手の小さな丘に登った。浦上天主堂や長崎医科大学の方向は炎の中で何も見えない。手前の家々も多くが煙に包まれている。全ての街が燃えていることがあらためて分かった。その街を通って行くことはできない、かといって浦上川の右岸も城山町《しろやままち》で盛んに煙が上がって通れそうにない。

(金毘羅山を通って行くしかないようだ)

そう決めて丘を駆け下りたが、燃える家や避難してくる人々にさえぎられ、何度も道を選び直さなければならなかった。道を探してさ迷っているうちに時間だけが過ぎて行く。

(助けを呼んでこなくては。みんなを瓦礫の下から助けなくては)

朋は、みんなが死んだとは思っていなかった。

(全滅というのは先生の間違いだ。みんなは生きている)

だからみんなを助けるために走り続けた。

ようやく金毘羅山の中腹まで出ることができた。しかし、そこから見えた山は姿が一変していた。電車の中で見た緑色の金毘羅山は焼けたような茶色に変わっている。木々は枝が無くなり、幹だけの姿で山頂に向かって傾いている。棒杭のようになってしまった木の何本かは傾いたまま煙を昇らせている。農道にはサツマイモやカボチャの赤茶色に変色した葉が散らばり、青いトマトの実が転がっている。そうした、この世のものとは思えない山の中を通って行く自信が朋には持てなかった。

街の煙と炎は、濃く激しくなり、山に迫ってきた。これではせっかく呼んでも救援隊が通れそうにない。

（回り道になるけれども、西山の水源池を通っていこう）

そう決めて、来た道を戻り始めた。

どれくらい迷い走ったのか、立ち止まって空を見上げると、煙の中に太陽が赤黄色いとても太陽とは思えない色で見えた。この爆弾は太陽さえ殺してしまうのだろうか？　走り通しで喉がカラカラだった。民家の裏庭に井戸の手押しポンプがあった。避難したらしく家人は誰もいない。勝手に使わせてもらって水を飲んだが、いくら飲んでも暑さは去らない。思いきって頭から水を浴びると黒い水が流れ落ちた。吹き飛ばされたときにホコリを被ったのだ。濡れた顔を拭こうとポケットを探ったら、出てきたのは佐々木先生の血に染まったハンカチだった。拭くのは諦めて水浸しで行くしかなかった。

聖フランシスコの浦上第一病院を過ぎ、小さな峠を下ると西山の村だった。畑の開墾でなんども通った水源池を通り過ぎると、やがて木々の間から学校の本館が見えた。

「ああ、学校だ」

安堵の言葉が思わず漏れた。しかし、近づくにつれて無事とは言えない様子が見えた。寄宿舎は屋根瓦が一枚も残っていない。道路側に開いた校舎の窓はガラスが無くなり、鉄の窓枠の多くは曲がっている。

（学校の被害はどれほどだろうか？　先生たちは無事だろうか？）

地面に散らばったガラスがギラギラと光る寄宿舎横の通用門から教務室に走り込むと、そこには校長先生と何人かの先生が集まっていた。

「おぉ栗山、無事だったか」

校長先生が駆け寄ってきた。

「大橋工場が……、工場が爆撃されました」

喘ぎながら伝えると、

「なに、大橋工場もか。他のみんなは？」

「合唱部のみんなは全滅だって佐々木先生が……、でも、それは間違いだと思います」

「そうか。それで佐々木君は?」

「先生は亡くなりました。亡くなる前に、生きている人がいるはずだから、助けを呼んでこいって……。みんなは生きています、生きているから……」

「それで走ってきたのか」

「はい」

「よく帰ってきた。工場はどんな具合だった?」

「よく分かりませんが、建物は全部壊れた様子です。ところどころ火が出ていました。……となりの純心女学校は全く火の中でした」

「そうか、茂里工場もやられたらしい。今、江口《えぐち》先生たちが確認に行っている。栗山はどうやって来た? 医大の方からか?」

「いいえ、西山を回ってきました。浦上の辺りは火災がひどくて通れません」

「分かった。西村《にしむら》君、田中《たなか》君と大橋工場の確認に行ってくれ。聞いたように西山水源池を回っていくしかないようだ。応援が必要ならばすぐに出す。状況を詳しく知らせて欲しい」

「はい、分かりました」

西村先生が田中先生と出ようとした。

「私も一緒に行きます」

朋が追いかけようとすると校長先生は、

「栗山はいかん、ここに残れ」

と遮った。

「でも、ヤッチンたちを助けてあげなければ」

「いかん、栗山がついて行けば足手まといになる。おまえはここに残れ」

校長先生の声はいつになく厳しかった。

「ここに残って救護の手伝いをしなさい。学校の中でも怪我人がたくさん出たのだ。外からも負傷者が助けを求めてきている。臨時の救護所を設けないといけないからその手伝いをしなさい」

「……」

「いいな」

「……はい」

「別館で塚原《つかはら》先生が救護所の準備をしている、そこへ行きなさい」

「……はい、分かりました」

はい、と答えながら朋は不服だった。すぐにヤッチンたちのところへ戻りたかったが、校長先生には逆らえない。

別館に向かう渡り廊下は、砕けたガラスと電機の製造機械が散乱していて、倒れた機械の所々には血の痕が残っていた。ここで働いていた本科生はどうなっただろうか。壊れた学校工場を見ていると、看護婦がひとり走ってきて朋に気づき、

「そこの人、手がすいていたら手伝ってくださる？」

と言った。近所の医院から応援にきた看護婦らしい。

「はい、いま行きます」

とあとに続いた。

一階の教室は臨時の病室になっていて、怪我人が床にゴロゴロと寝かされていた。半分ほどは県女の生徒で、残りは一般の市民だったが、全員女性だった。男性は向かいの経専を臨時の救護所にしている、と看護婦が教えてくれた。

逃げてきた人たちは誰もが怪我をしていて、多くは火傷も負っていた。それは今まで見たことのない火傷で、広い範囲に皮膚が剥がれて、血が滲み出ていた。顔や腕や服の外に

出ていたところがとくに酷くやられていて、治療をしようと手で触れると皮が剥がれてしまうこともあった。皮膚だけでなく髪の毛のほとんどが焼け縮れて、落ちてしまった人もいた。

酷く傷ついてしまった人たちに、急ごしらえの救護所では薬も道具もなく、たいした手当てはできなかった。火傷の薬のチンク油さえなかった。傷口の土とホコリを薄い塩水で洗い落とし、突き刺さった異物を毛抜きで取り除き、最後にマーキュロクロムを塗って包帯をする、それができる手当てだった。肉に深く潜り込んでいるガラスの多くは朋たちの手では取り除くことができなかった。そうしたガラスの刺さった傷が多かったが、傷口からはいろいろなものが出てきた。石、鉄片、木片、コンクリート片、障子の桟《さん》が背中に刺さっている人もいた。考えられないような力の爆風がこうしたものを吹き飛ばして凶器にしたのだ。

包帯はとっくに尽きて、あり合わせの布で傷を包んだ。手拭い、浴衣、敷布《しきふ》、そうしたものも無くなって、厚手のカーテンまで使った。そうした粗末な手当てでも人々は「ありがとうございます」と言って朋に頭を下げるのだった。

手当てを続ける朋を見て看護婦が、

「貴女《あなた》、怪我しているじゃない」

と声を上げた。腕から流れ出た血が袖を黒く染めていた。

「ほんのかすり傷ですから」

「でも化膿すると悪いわ」

看護婦は傷口を塩水で洗い、朋が持っていた救急袋のマーキュロを塗り白い包帯を巻いてくれた。朋はなんだか自分が一番上等な手当てを受けているようだと思った。

集まった人たちに次々と、いつ終わるとも知れない手当てが続いた。ひとりの女性が赤ん坊を抱きかかえていた。おっぱいをあげるつもりか、和服の胸元をひろげながら焦点の合わない目で遠くを見ている。赤ん坊は抱かれながら、薄く口を開けて首を後ろに落としていた。不審に思って近づいてみると、

(息をしていない!)

着物の柄から男の子なのだろう、見たところどこにも怪我は無いようなのに、小さな手を握ったままで息をしていなかった。赤ん坊を抱えた女の人の二の腕から血が滴り落ちていた。

「手当てをしますから、その子を渡してください」

と朋がそっと言葉をかけると、

「だめです」

女の人は赤ん坊を胸にかばって鋭く叫んだ。

「でも、その子はもう……死んでいるから……」

「死んでなんかいません。死んでなんかいません」

女の人は、なお一層きつく抱きしめて叫び続けた。そんな女の人とのやりとりを見た看護婦が近づいてきて朋に言った。

「あなたは、その子を支えていて。私が手当てをします」

看護婦は朋に支えさせながら手早く止血の布を巻き始めた。手当てをされながら遠くをぼんやり見ていた女の人の目から涙が一筋落ちた。一筋流れたあとは止めどなくしたたり落ちて、抱えた赤ん坊の顔を濡らしていた。

傷者の多くが水を求めた。橋の上で聞いたような「水、みず」という呻き声が所々から上がった。そんな人たちのために厨房から鍋とお椀を借りてきて一人ひとりに水を与えていたら看護婦が、

「怪我人にたくさん水は飲ませないでね。血液の塩分が薄くなるから」

と注意した。

「でも水が欲しいと言うから」

「薄い塩水を作ってあげてください。本当は少し砂糖を入れたいけれど、それは無理ね」

「薄い塩水？」

「そう、薄味の味噌汁くらいの濃さで」

「もう上げてしまった人にはどうしましょうか？」

「……濃い味の味噌汁くらいにしてもう一度上げてください」

急いで塩をもらいに厨房に走った。

「お医者さんはいないのですか？」

朋は看護婦に聞いてみた。

「山田《やまだ》医院の先生が向かいの経専で治療をしていて、終わったら来てくれることになっています。それまで私たちで頑張りましょう」

夕方近くなって大橋工場から逃げてきた生徒が一人、二人と帰ってきた。生徒は頭や手足や、どこかに怪我をしていて、衣服の所々が裂けて、なかには裸足の娘もいた。朋は生徒の一人に、

「工場の様子はどうだった?」

と聞いてみた。ホコリで真っ黒い顔をした娘は、

「もう、めちゃくちゃです。建て物はみんな潰れて、ほうぼうから火が出ていました」

「合唱部の人たちを見なかった?」

「さあ、分かりません」

「仕上げ工場の前にいたんだけど」

「さあ、私たちはその仕上げ工場から逃げてきたので見れば気づいたと思います」

「そう……」

ヤッチンたちの安否は西村先生の帰りを待つしかなかった。

日が暮れた。西の空が火の照り返しで真っ赤に見えた。これほどの照り返しとは、長崎中が火の中ということだろうか。

停電の闇の中をロウソクの光をたよりに手当ては続いた。来るはずの医者は来ない。薄暗がりの教室の中に突然、窓から白い光が差し込み傷者の間から悲鳴が出た。

「なに?」

驚いて声を上げた朋に、

「照明弾よ。敵の飛行機が落としたらしいわ」

と看護婦が教えてくれた。

「飛行機ですか?」

「さっきから飛んでいるじゃない。あなた気がつかなかった?」

「まったく気がつきませんでした」

自分の耳はどうかしてしまったのだろうか、朋は思わず窓の外を見た。白い光は、いくつも続いて教室に差し込んできた。そのたびに昼の閃光を思い出して傷者から怯えた悲鳴が上がる。敵は照明弾を使って長崎の街の、どこを、どれほど壊したかを調べているらしい。

「また爆弾を落とすつもりでしょうか?」

窓を見たまま問いかける朋に看護婦は、

「そうかもしれないわね。昼間は小型機が逃げていく人たちを銃撃していたから、どんなことをするか分からないわね」

もう一度爆弾を落とされる、そうなったら自分はここで、この人たちと死ぬことになるだろうな。差し込む光を見ながら朋は思った。

夜十時を回ったころ、教室の入り口で「栗山はいるか？」と呼ぶ声がした。

「はい」

と答えると西村先生だった。

煤《すす》で真っ黒な、疲れ切った顔で先生は、

「合唱部は全滅だった」

と呟いた。

「え？」

「田中先生と確かめてきた。爆風で工場の壁に飛ばされて、その上に屋根の太い鉄骨が落ちてきたらしい。あれじゃあみんな即死だったろう。でも、みんな綺麗な死に顔だったよ。佐々木先生の遺体と一緒に工場の安全な場所に安置した。これから家族に連絡するから明日には引き取りに来られるだろう……。おい、栗山聞いているか？」

話の半分も聞こえていなかった、全滅の言葉のあとはほとんど耳に入らなかった。佐々木先生の「全滅」という言葉は間違いだ、と思っていたのに、みんなが死んでしまうなんてことが信じられなかった。

「今朝は、みんな元気だったのに……」

「そうだな、誰もかれもみんな元気だったのにな。一発の爆弾でこんなになってしまうなんてな」

ヤッチンもミサちゃんも、サッちゃんまでも死んでしまったことが信じられなかった。信じたくなかった。だから悲しさも涙も出てこなかった。

「栗山、気を落とすな。お前はしっかりしていろよ。お前はここで救護をしないといけないんだからな」

朋は、呆然と頷いたが、全滅の意味も何も考えられず、西村先生が去ったあとも呆然としたままで、機械のように救護の仕事を続けた。仕事は尽きず、誰もが助けを求めていた。水を飲ませてもらうのでも、便所に連れて行ってもらうのでも。

夜が更けてから塚原先生がやってきた。

「動ける生徒は橘寮か防空壕に移ってください。ここは外のひとが寝られるようにできるだけ空けてください」

自宅に帰れずに残っていた生徒の何人かが出ていったが、ほとんどは空襲を恐れて防空壕へ行った。

「栗山さん、貴女《あなた》も休みなさい。寄宿舎の二階に一人分空きがあるからそれを使いなさい」

「でも、ここは？」

「ここは看護婦さんと私で看ます。貴女《あなた》は明日の朝、またお願いします」

朋は先生に言われるまま寄宿舎へ行った。部屋は入り口の引き戸も窓も爆風で吹き飛ばされて無くなっていた。誰かいるらしくロウソクの火が揺れていて、声を掛けて入ると三人の生徒が寝る支度をしていた。

三人の娘は怯え切った小さな声で、代わるがわる「こんばんは」と挨拶した。

「貴女《あなた》たちは何年生なの？」

朋の問いかけに一番入り口近くにいた娘が、

「専攻科の一年生です」

「一年生？」

「はい、明日の入学式のために入寮しました」

（そうか、明日は十日で専攻科の入学式の日だったんだ。みんなその日が来るのを楽しみにしていたのに）

朋はそんなことを思いながら、

「そう。私は専攻科一部三年の栗山です」

「先輩でしたか。私は江川照子《えがわてるこ》です、よろしくお願いいたします」

「どこの女学校の出身？」

「大村高等女学校です」

「ああ、大村なら蒲池幸ちゃんと同じ学校ね」

「蒲池先輩をご存じだったんですか。先輩にはいろいろお世話になって、先輩はお元気ですか？」

「サッちゃんは亡くなったわ。今日の爆弾で」

「亡くなった……、思いもしませんでした。私たちも怖い思いをしたんです。ピカッと光ったと思ったらものすごい音がして、爆風が来て。私は急いで出しかけていた布団を被ったから助かったけど、この二人は頭と足をガラスで切って大変だったんです。部屋の中は滅茶苦茶で、ガラスだらけで、やっと片付けが終わったところです」

その言葉どおり、あとの二人は頭に包帯を巻いていた。

「ここは三人部屋なの？」

「四人ですけど、一人は来るのが遅れていて、この分では当分来られないと思います」

（その遅れた娘《こ》の分が私に回って来たのか）

「明日は入学式があるのかしら？」

「延期するって、さっき連絡がありました」

「そう。そうでしょうね。入学式どころじゃないものね……。今夜は遅いからもう寝ましょう」

朋は遅れて来られなかったという娘の布団を借りて寝ることにした。ロウソクを吹き消しても、街が燃える火の照り返しと時々落とされる照明弾で、部屋の中は薄明るかった。今夜は夜の闇さえ消されてしまったらしい。

※

どれほど眠っただろうか。夜明けが近いと思うころ、物音に気づいて目を開けた。薄明りの廊下を誰かが通っていく。戸の無くなった入り口を窺っていると、専攻科の制服を着た生徒が通り過ぎようとしていた。

「ヤッチン！」

朋は驚いて飛び起きた。

「ヤッチン、無事だったのね。よかったわ、ほんとうによかった。佐々木先生も西村先生も全滅したなんて言うから……。でも間違いだったのね。みんなも無事だったんでしょ」

ヤッチンは黙って、ものうげな目で朋を見ていた。ヤッチンの後ろをシノちゃん、ミサちゃんが通り過ぎていく。みんなはワンピースドレスの制服を着ている。

「ヤッチンどうしたの、制服なんて着て？　そうか、今日は入学式の日だったわね。入学式で校歌を歌うのね。私も行くわ。いけない、制服は家に置いたままだわ。すぐに取ってくるから待っていて。式は何時から？　九時からなら急がなきゃ」

「トモちゃんは来なくていいわ」

「えっ？」

「トモちゃんはまだ来なくていいから」

「どうして？　なんで私だけ行かなくてもいいの？」

シズちゃん、チエちゃん、マコちゃんが朋の方を見ようともせずに、黙って通り過ぎていく。

「私も行くわよ」

ヤッチンは少し困ったような顔をして、ゆっくり腕をあげると、おぼつかない微笑をしてヒラヒラと手を振った。

「ヤッチン!」

自分の叫び声で目が覚めた。

戸の無い入り口から夜明け前の青い闇が見えた。胸の中が今の夢の悲しい気分で一杯だった。目を閉じても再び眠れそうになかったから、布団の中で起き上がった。部屋の中は物の焼ける臭いが漂っている。横を見ると三人の娘は安らかな寝息を立てていた。こんな臭いの中でも眠れる健康さがうらやましかった。彼女たちはこんどの爆弾で大切な人をなくさなかったのだろうか? サッちゃんの死も江川照子にとっては眠りを妨げるものではなかったらしい。

朋は部屋を抜け出すと別館の教室に行ってみた。そこは、呻き声と悪臭に満ちていた。朋が入ってきたことに気づいた塚原先生が起き上がり、

「栗山さん早いわね。まだ寝ていていいのよ」

「いいえ、もう眠れそうにありませんから。私が代わりますから先生は休んでください」

「そう、ありがとう。それじゃあお願いね。宿直室にいますから何かあったら呼びに来てください」

朋は教室の柱にもたれかかって、ただ呻き、うごめく人々を見つめていた。陽が昇ると教室はとたんに暑くなった。窓も戸も無くなっているのに空気は少しも動かない。血と膿と腐敗の臭いを含んだ熱気が部屋の中に淀んだ。そして、暑くなると部屋には無数の蝿がとび始めた。どこから飛んできたのか、血と腐敗する肉の臭いを嗅ぎつけた虫たちは、部屋の中を黒くして飛び回り、傷者の顔でも手足でも、皮膚の露出しているところに止まり、口の端に止まるものさえいた。傷者たちは力のない手で追い払っていたが、その力もない重傷者の蝿を朋は追い払ってやった。今出来る救護は、それくらいだった。

そうしていると塚原先生が帰ってきた。

「栗山さん、お家《うち》に帰っていないでしょ。家の人が心配しているから一旦帰りなさい」

「でも、この人たちの世話は……」

「一旦家に帰って、無事な顔を見せてからもう一度来なさい」

朋は、今の悲しい気持ちを持って家に帰りたくなかったが、先生には従うしかなかった。県女の坂道から見下ろした街は一変していた。外浦町《ほかうらまち》は焼け落ちて県庁も見えない。萬《まん》歳町《ざいまち》は煙の中だったし、興善町《こうぜんまち》も半分は焼けてしまっていた。生まれ育った長崎は、平たく崩れ落ち、瓦礫になった建物から煙を噴き上げる見知らぬ街になっていた。路上は飛んできたガラス、瓦、木の枝、壊れた建具、鍋や茶碗、そうした瓦礫で覆われて歩きにくかった。

(家は無事だろうか。お父さんとお母さんは怪我をしていないだろうか)

悪い想像が頭に浮かぶ。歩きにくい道に苦労して家の手前の角を曲がると、家はそこにあった。窓ガラスは無くなり瓦もかなり落ちていたが、燃えることも傾くこともなく建っていた。

門を入ると、クリが飛びついてきて顔を嘗めまわした。クリの目を見ながら、

「クリ、ヤッチンたちが死んじゃったよ」

と話しかけると、クリは尻尾を垂らして、「クゥー」と細く鳴いた。

「ただいま」

玄関に入ると母が飛び出してきた。

「朋、無事だったの。よかったよ、本当によかった。おや、腕に怪我をしたのかい。ほかに痛めたところはないかい?」

「お母さん、ヤッチンたちが死んじゃったの」

「えっ」

「ヤッチンもミサちゃんもシノちゃんもみんな死んで、私だけが生き残ったの」

「……そうかい」

『そうかい』、そっけない一言だったが、母にはそれしか言えなかった。詳しいことは分からなかったが娘の悲しみ、痛み、絶望を一瞬で悟った。どんな慰めのことばを掛けても、それは嘘になりそうだったから『そうかい』の一言しか言えなかった。朋にしても、どんな慰めのことばを聞くよりも『そうかい』と全てを受け入れてもらう方が楽だった。

「着替えてくる」

「そうしな。お風呂を沸かそうかい？　おとといの水が残っているから」

「ううん、沸かさなくてもいい、行水で十分。すぐに学校に戻らないといけないから」

「学校に戻るのかい？」

「うん、仮設の救護所になっていて看護の仕事をしないといけないから」

「そう……気を付けるんだよ」

「うん」

「お父さんに会わなかったかい？　会社に顔を出したら朋を探しに学校へ行くって言っていたんだけど」

「会わなかった」

どこかで行き違いになったらしい。行き違ったことを心のどこかでホッとしていた。母にはどんな自分でも、ありのままに見せることができたが、父には弱った自分を見せたくはなかった。

ぬるい水で行水をつかいながら、朋は腕の傷をかばっている自分に気がついた。ヤッチンたちは死んでしまったというのに、こんな小さな傷をかばっているなんて……。自分が悲しかった。

救急袋に着替えを入れて出ようとすると母が、

「これを持っておいき」

と小さなガラス瓶を差し出した。

なにか嘉《よ》いことがあったときに、みんなで食べようと、最後まで取っておいた金平糖だった。それを母は、娘を元気づけようと差し出していた。母の思いが胸を突いた。このまま母の懐に飛び込もうか、と思った。しかし、そうしたら母の手の中に倒れ込んでしまって、二度と立ち上がれそうもない自分がいた。

(こんな苦しい思いを抱える自分を放り出して、倒れてしまうのもいいか……)

自分を投げ出したい思いと、そうはしたくない思いがせめぎ合ったとき、心配そうに見つめている母に気がついた。そして、投げ出さない自分を選び取って、

「ありがとう」

と受け取った。

学校へ戻る道は暑く、街の煙は少しも減っていなかった。

校門に入ろうとしたところで江川照子たちに出会った。

「どこかへ出掛けるの？」

「入学式は当分できそうにないから、一旦家に戻るように言われました。これから帰るところです」

「鉄道は動いているの？」

「長与《ながよ》駅まで行けば汽車に乗れるそうです」

「長与まで歩くなら天竺山《てんじくやま》の麓を行くことになるわね。気を付けて行きなさい、今日も敵の飛行機が飛んでいるから見つからないようにね」

「はい、ありがとうございます」

照子たちは一刻も早く長崎を去りたい様子で、足早に西山水源池に向かって歩いていった。

戻ってきた学校は静かだった。県庁の職員は焼けた県庁の後始末に行っていたし、生徒は寄宿舎か橘寮か防空壕に籠っていたし、教師のほとんどは生徒の救助と安否確認のために街へ出ていた。

病室の傷者はいくらか減っていた。動ける人は自分の家や身寄りのところに行ったので、残った人たちは身動きのできない重傷者が多かった。さっき近所の医者が来たということだったが、薬が無いからおざなりの治療で「できるだけ傷を清潔にすること。火傷には油を塗ってやるように」と言い置いて帰っていったという。自分たちが食べる油さえ無いのに、傷に塗る油がどこにあるのだろうか。それでも医者は、県女では手に余りそうな傷者に印をつけて、あとで経専に引き取らせる、と言ってくれた。経専の方が少しずつ救護所として整いかけていたからだった。

教室の隅に一人の老婦人が寝ていた。着物はボロボロになっていたが上等なもので、上品な顔立ちの左半分は火傷で紫色に腫れあがっていた。まだ教室に寝ているということはかなり重症なのだろうか、それとも帰る場所がないのだろうか。

包帯を取り換えているとその老婦人が話しかけてきた。

「貴女《あなた》は、このまえ公会堂で歌っていたお嬢さんね」

「はい、そうです。合唱部の部員です」

「そう。あの時の歌は良かったわ、素晴らしかった。また歌ってくださらない？」

「はい」

「今ここで」

「今ですか？」

「そう、ここで。ダメかしら？」

「いいえ、歌います」

朋は何を歌うか考えた。『われは海の子』『大楠公《だいなんこう》』『埴生《はにゅう》の宿』……。傷つき頼る人もいない人々の前で何を歌ったらいいのか？　何を歌うべきか？　なかなか決まらなかったが、しかし、やがて静かに歌い出した。

『庭《にわ》の千草《ちぐさ》も虫《むし》の音《ね》も　かれて寂《さび》しくなりにけり　あゝしらぎく　嗚呼《ああ》白菊《しらぎく》　ひとりおくれて咲《さ》きにけり　……』

アルトでは一度も歌うことのなかったメロディーパートを一人で歌った。呻き声に満ちていた病室に歌が流れた。老婦人は目を閉じて歌を聴いた。苦しみの声を漏らしていた人も静まって耳を澄ませ、涙を見せる人もいた。あの時から続く混乱と恐怖と苦痛の中で、今初めてこころが安まったのかもしれない。

『庭の千草』、花も虫も絶えた晩秋にひとり咲く白菊、露にも霜にも耐えて咲く白菊を唄った歌だった。灼熱の今の長崎には似合わない歌だったが、白菊のように人々がこの災禍を耐えて咲き薫って欲しい、と選んだ曲だった。この歌を人々はどう聞いただろうか。

陽が金毘羅山の向こうに傾き、校舎は日陰になったのに暑さは昼間と同じだった。塚原先生が朋を探しに来て、

「包帯にする布が無くなってきたから講堂のカーテンを外してきてください」

と言った。吊り下げたカーテンさえ使わなければならないほど物が尽きたのだ。

講堂は廃墟になっていた。爆風で飛ばされずに残ったカーテンはボロボロになって西からの風に翻り、天井のシャンデリアは落ちて長椅子の上で砕けていた。合唱部が練習に使っていたステージは天井が崩れて、人が入ることさえできない。ヤッチンたちを奪い去った爆弾は、合唱部の大切な講堂さえ破壊していった。

その様子を見たとき、朋は何もかも全てが壊し尽くされてしまったと思った。それは胸

をえぐられる痛みをともなった、悲しい思いだった。廃墟の中で、胸の痛みは心臓が焼けるように急に強くなり、同時に目の前の景色が狭くなった。講堂の廃墟が周囲から次第に暗くなる。壊れた天井も、木材の破片に覆われた長椅子も見えなくなり、ステージしか見えなくなったとき、朋は思わず膝を折って床に手を突いた。しかし、その床板さえ暗く狭くなったところで気を失った。

どのくらい倒れていたのだろうか。一瞬だったようにも、随分長い時間床に伏していたようにも思えた。耳の中でザーと音が響いていて、自分がどこにいるのか、暫く思い出せなかった。胸をえぐられるような痛みはまだ続いていて、手と足の先がジンジンと痺れる。額に手をやると、ねっとりとした冷や汗が指についた。これが生き残ってしまったことへの報いということか……。

夜になっても朋は看護の仕事を止めようとしなかった。人々はそれを献身的と見たらしい。何人もの人が繰り返し「ありがとう」と言ってくれた。しかし、朋は何もしないでいるのが怖かったのだ。何もしないでいて、ヤッチンたちを思い出すのが、彼女たちのことを考え、胸が痛むのが怖かった。そして、眠りの中でヤッチンたちに会って悲しい思いをするのが怖かった。だから、何も考えず一心に、夢を見なくても済むほど疲れ果てるまでに、働き続けていたかった。傷者の汗を拭くのでも、便所に連れていくのでも、布を裂いて包帯を作るのでも、何でもいいから。

今夜も停電は続いていた。今夜は、火災の火明かりも、照明弾もない闇だった。

夜中が近づいてきたころ、朋はようやく眠気で意識が霞んできた。これなら夢を見ずに眠れそうだ。寄宿舎に戻ると、部屋は真っ暗だった。照子たちが帰って、一人になった暗い部屋に座って、朋はほっとした。これならば、どんなに叫んでも誰にも聞かれない。今朝のような夢を見たら、また叫びだすに違いなかった。

※

八月十一日の朝が明けた。今日も晴れて暑くなりそうだった。昨日から発熱したり、嘔吐や下痢をする傷者が出始め、それは時間が経つにしたがって増えていった。悪い伝染病ではないか、と不安が広がる。朋たちはとりあえず手洗いと、うがいを厳重にすることにした。手洗いと言っても、石鹸も消毒液もない水洗いがどれほど役立つのか。一刻も早く正式な医者に診てもらいたかった。

おぞましいのは、人に付く蛆虫《うじむし》だった。包帯を取り換えるために外すと、中から一ミリほどの蛆虫が這い出してくることがたびたびあった。どうやってそれらは入り込むのか、化膿した傷の中にも白く蠢《うごめ》いていた。そうした傷を煮沸した塩水で洗ってやることも朋たちの仕事だった。

包帯用の布もとうとう尽きてしまい、外した布を煮沸して再び利用することにして、朋がその仕事をすることになった。橘寮の竈に大鍋を掛けて布を煮る。薪は、学校の前でいくらでも拾えた。周辺の家々が疎開で取り壊され、木材だけ置き去りにされていたのが役立った。早く包帯を貰いたいけれども、いま長崎でくれるところは、どこにもなさそうだった。

午後を回ってから、ようやく医者が一人やってきた。向かいの経専に設けられた救護所に医師会から来たその医者は、薬も治療道具も持たずにやってきて、教室の中を一目見るなり、

「こりゃあひどい」

と言った。そして、発熱と嘔吐・下痢の傷者を一人ひとり診ていったあとで、

「これはたぶん伝染病ではないだろう。向こうの傷者にも同じような症状が出ていて、こんな短時間で、こんなに多く伝染病が広がるとは考えにくい。多分、今度の爆弾による症

状なのだろうが、念のため手洗い、うがいは怠らないように」

とだけ言って帰っていった。昨日は何人かの重傷者を経専に引き取ってくれたが、それさえもなかった。それでも伝染病の不安が薄らいだので気分は少し楽になった。

暑い一日が、真っ赤な夕焼けとともに暮れようとしていた。夕焼けの中を、生徒たちの行方を捜しに出ていった教師たちが、ホコリまみれになって帰ってきて、教頭がその話をまとめて校長室へ報告に来た。校長は、ガラスが一つも残らずに吹き飛ばされた窓に立って、夕映えの空を眺めていた。

「街の捜索はだいたい終わったようです。見つかった生徒の収容、救護は完了しました。さっき金毘羅山の山中で一夜を明かした生徒を六人収容しました。所在の分からない生徒がまだ八十人ほどいます」

「そうか、明日は市街の外も調べてくれたまえ。全員の安否が分かるまで捜索は続けるように」

「はい」

「特に女性の先生は市街の外を回ってくれるように」

「はい、分かりました……。死亡した生徒の家庭を回っていた上田《うえだ》先生は『学校が娘を殺した』と詰《なじ》られたそうです」

「それはどういうことです？」

「その生徒というのが、病気がちだったそうで、親から茂里工場の現場ではなく、ぜひ城山小学校の事務の仕事へ回して欲しい、と頼まれたそうです。しかし、せっかく回してやったのに、城山小学校は全滅でした。学校の人選ではなく、頼まれたからなのに人殺しとは酷すぎる、と先生は泣いておられました」

「理不尽な話だが、娘を失った親にしてみれば、そうも言いたくなるだろう。家庭を回る先生たちには気の毒だが、ここは黙って忍んで欲しいと伝えてもらいたい。……何人亡くなったかね？」

「動員先で今のところ分かっているのは、九十八人です。教師では、佐々木先生が亡くなり、有馬《ありま》先生が重症です」

「そうか……こんなにたくさんの生徒を死なせる校長になろうとは、思ってもみなかったよ」

「しかし、常清《じょうせい》女学校は百五十人以上、純心女学校も百人以上の死者を出したと聞いています。死者はこれからも増える様子です」

「被害の大きさを比べてもしょうがないよ。どこの学校も、動員先で死なせてしまったことを苦しんでいるんだ」

「はあ、しかし工場への動員は、国の命令ですから、仕方なかったのではないでしょうか？」

「これは、仕方がなかったで済まされる話ではない！」

珍しく大きな声を出した校長は、あとの言葉を呑み込むとガラスのなくなった窓に向き直って、赤く暮れていく空を見つめていた。

※

八月十二日は日曜日だった。しかし、長崎の人々は復旧の仕事を休むことはなかった。県女の仮設救護所も傷者の手当てを休まなかった。

朋はグランドの片隅で包帯を干しながら、学校前の空き地でいくつも焚火がされているのに気付いた。赤々と燃える炎を見つめて傍らの塚原先生に聞いた。

「あんなにいくつも。何の焚火でしょうか？」

先生は顔を曇らせながら、

「亡くなった生徒さんを焼いているのよ」

「えっ」

「亡くなって、引き取り手の現れない生徒さんを、火葬しているの。この暑さだから、いつまでも置いておくわけにはいかないでしょ。きのう、市から野火で火葬にしていいという通達が出たから、前田《まえだ》先生と石川《いしかわ》先生が焼いてくださっているの。木でお骨を納める箱も作ってね。こんな仕事をしなければならないなんて、悲しいわね。街の中では、こうした火葬の煙がいくつも昇っているわ」

赤々とした火の中で生徒が焼かれているとは、思いもしなかった。若すぎる生徒たちの死に、炎の色はあまりに赤過ぎた。

この日も教師たちは、手分けをして行方不明の生徒の安否を確かめるために市内を歩き回り、その途中で集めてきた情報をお昼に交換し合った。定年退職から復職したらしい古文の教師と、まだ現役の地理の教師が話しているのを朋は横で聞いていた。

「ピカの前に米軍はビラを撒いたそうですな」

古文の教師が言った。

「ああ、その話は私も聞きました。でも私が聞いたのはピカのあとで撒かれたとか」

地理の教師が応じた。

「そうですか？　新型の爆弾を使うので市民はみんな逃げるように、と書かれていたそうですがなぁ」

「そんなことはないでしょう。ピカの前だったら、いくらなんでも陸軍が迎撃に出たでしょう。広島のことがあるんだから」

「そうですなぁ。そうすると、やはりピカのあとということか」

「そうだと思います。浦上で撒かれたビラを拾ったという人が話してくれましたが、十日の昼前に撒かれたそうです。そのビラには、これからも新型爆弾を何発も落とすぞ、と書いてあったということです」

「恐ろしいですな。長崎にもまた落とすつもりでしょうか」

「そうだと思います。造船所のある南側は焼けずに残っていますから」

「恐ろしいですなぁ」

古文の教師は顔をしかめた。

「そのビラには、新型爆弾は原子爆弾というものだ、と書いてあったそうです」

「なんですか？　その原子爆弾というのは？」

「私も分からないから、物理の西村先生に聞いてみたのですが、先生は原子核を壊して、想像もできない爆発力を作り出す爆弾だ、と言っておられました」

「原子核を壊す？」

「えぇ、ウラニウムとかプルトニウムとかの重い原子を一箇所に密度高く集めると、原子核が連鎖的に壊れるんだそうです。その時に、莫大なエネルギーが出るんだそうです」

「想像もつかん話ですな。そんなものを米軍は作ったんですか」

「そうなんでしょう。西村先生も、原子核を壊すには途方もなく強い力がいるから、そう簡単に作れるはずがないが、と言っておられましたけれど」

「そんな爆弾を何発も作っているとは、恐ろしいですなぁ」

朋も横で聞いていて恐ろしいと思った。原子核を壊すということがどういうことか、よく分からなかったが、しかし、そんな兵器で、多くの人たちを一瞬に殺してしまってよいものだろうか？　赤ん坊も老人も区別なく焼き殺してしまうような兵器を使うことが、赦《ゆる》されるのだろうか？　戦争だから仕方がないことなのか……？　何も分からなかったが、『原子爆弾』という禍々《まがまが》しい言葉が頭に残った。

この日は日曜日だったから、朋の母が二晩帰らない娘を心配して訪ねてきた。たった二日見なかっただけなのに、やつれた娘に母は驚いた。

「お前、大丈夫かい？　ご飯は食べているかい？」

「大丈夫」

「一回家に帰っておいで。お父さんもそう言っているから」

「救護所の仕事があるから帰れないわよ」

「お前でなくてもいいんだろ」

「みんな働いているのに、私だけ休むわけにはいかないわ。高女生は看護の教育を受けているから、この仕事は義務なのよ」

「ほんとうに大丈夫かい？」

「大丈夫だったら。放っておいてよ」

『ありがとう』とも、『心配かけてごめんなさい』とも、言うべき言葉はいくらもあったが、こんな言葉しか返せない自分が情けなかった。娘の悲しみの大きさを察した母は、それ以上無理強いしようとはしなかった。

「お前、小学校の二年先輩だった米田昭雄《よねだあきお》さんを覚えているかい？　医科大学にいて、亡くなったという話だよ」

「そう」

うつろな返事しかできなかった。米田昭雄、路面電車の憧れの君の名前だった。

母はわずかばかりの糒《ほしいい》を手渡して帰っていった。

※

八月十三日、あの日から四日が過ぎた。病室の床が見えないほどに寝かされていた傷者も、かなり少なくなっていた。それでも、県女の仮設救護所では、できることが限られていたから、向かいの経専に何人かの傷者を送ることになった。経専には九州大学の救護班が到着するなどして救護所として整ってきていた。その救護所から来た医者が、送るべき傷者を選《よ》り出したが、手当てのしがいがある人だけを選び、手の施しようのない人は残したようだった。

木の棒に敷布を縫い付けた手作りの担架に、選ばれた人を乗せて、朋たちは何度か経専との間を往復した。道路を挟んだ隣でも、坂道を朋や本科の生徒たちで運ぶのは力不足で、途中何度も道路の上に担架を降ろして息を継がなければならなかった。

ようやく全部の患者を送り終えて、休憩しているところに、専攻科三年二部の担任が朋を探しにきた。

「酒井操さんのご両親が見えられて、操さんのお骨を持って帰られたのよ」

「えっ、ミサちゃんのご両親が」

「操さんのことは、おととい連絡が届いて、もっと早く来たかったのだけれども、汽車に乗れなかったりして、今日になったということだったわ」

「そうですか。ミサちゃんは連れて帰ってもらえたのですね」

「寮の荷物も一緒に持って帰られたわ。荷物と言っても、布団とわずかな衣類しかなかったけれども、ご両親は、とても大切そうに持って帰られました」

「経専に行っているあいだに行き違いになったのですね」

「貴女《あなた》は会わなくて良かったわ。会えば、貴女《あなた》もご両親もいっそう悲しんだだろうから」

朋は、こういう日が来ることを密かに恐れていた、と思う。ミサちゃんやヤッチンたちの家族に会う日が来ることを。彼らに会ったときに、自分は何を言えばいいのだろうか？ 何が言えるだろうか？ 自分だけが生き残ったこと、彼女たちの最期を見届けてあげられなかったことを、家族に何と話せばよいのだろうか？ 一人生き残った自分に、家族たちは何と言うだろうか？　一人で生き残ったこと、元気でいることが、心苦しかった。だから、彼女たちの家族には会いたくないのが本当の気持ちだった。だから、ミサちゃんの両親に会えなかったことは、ほっとした。そして、ほっとしている自分が寂しかった。

「そうですか、ミサちゃんは帰っていきましたか……」

ミサちゃんは、あの日に彼杵の家に帰ると言っていた。それを止めて、みんなと一緒に大橋工場へ行ったのだった。ミサちゃんにはあの日、家に帰っていて欲しかった。そうだったら、どんなに嬉しかったことだろうか。

あの日から、四日も過ぎようとしているのに、毎日ろくに休みを取らずに、夜遅くまで憑かれたように働く朋を、周囲は奇異な目で見始めていた。電機製作所の動員先から帰ってきた数人の同級生が、そんな朋を陰で噂した。

「なんであんなに頑張っているんだろうね？　ほとんど休みもせずに」

「見ていてちょっと怖いわよね」

「献身的だって褒められたいのかしら？」

朋は、黙って一人、部屋の隅で洗濯物をたたんでいた。

「一人生き残った罪滅ぼしじゃないの」

「なんであの人だけ生き残ったんだろうね？」

「みんな死んじゃったのに、一人だけ生き残るなんて不思議じゃない？」

「佐々木先生も入れて、十一人が全滅なのに、大した怪我も無く生き残るなんてねぇ」

「ピカのときに、どこかに隠れていたんじゃないの」

「大橋工場から一人で歩いて帰ってきたそうよ」

こういう陰口は、微かに本人に聞こえるように言うのが最もたちが悪い。

「みんなが苦しんでいるのを、見捨てて逃げてきたんじゃないの」

そのことばを聞いたとたん、朋は弾かれたように彼女たちの前に立った。

「私は見捨ててなんかいないわ。佐々木先生に頼まれて救護を呼びに来たのよ」

「でも、ほかの人が生きているのか、死んでいるのか、確かめもせず置き去りにして帰ってきたんでしょ。それは見捨てたってことよ」

朋はいきなり相手に掴みかかった。頬を殴りつけ、髪の毛を掴んで引き倒し、頭や背中や、辺り構わずに蹴りながら、

「私は見捨ててなんかいない。見捨ててなんかいない」

と繰り返し叫び、蹴ることを止めようとしなかった。周囲の生徒たちは、朋のあまりの剣幕を恐れて、立ちすくんでいた。

騒ぎを聞きつけて塚原先生が飛んできて、

「あなたたち、何をやっているの。栗山さん止めなさい」

と朋を後ろから抱きとめた。

「いったい何があったの」

まわりに立っていた生徒が、この出来事を説明した。

「何を言われたからって、蹴ることはないでしょ。ごらんなさい、怪我をしてるじゃないの」

先生が指さした若林克子《わかばやしかつこ》は顔を蹴られたらしく、鼻血を出してうずくまったまま動かない。朋は、克子を見下ろしながら、蒼白な顔で立っていた。先生は克子を抱き起こすと、

「栗山さんは暫くそこで頭を冷やしていなさい」

と言うと、他の生徒に手伝わせて克子を介抱しながら保健室に連れて行った。

朋は、たった一人、椅子に座り、黙って壁に向かい合った。頭の中が真っ白で何も考えられない。ただ、「私は見捨ててなんかいない」という言葉だけが、繰り返し頭の中で

鳴っていた。

どれほどの時間を壁に向かい合っていたのか、突然後ろから、

「栗山」

と声を掛けられた。西村先生だった。

「塚原先生から話は聞いた。若林は馬鹿な奴だ、言っちゃあならんことを言う。あいつの言ったことは忘れろ、あいつの頭はおかしいんだ。あの新型爆弾以来、みんなの頭がおかしくなってしまった。正しい分別というものを失くしてしまったんだ。みんな大変な災難を背負い込んでいる。若林も、淵の工場で多くの生徒が死に、傷ついたのを見て、その中で生き残ったことを苦しんでいるんだ。

人間は苦しいと、他人を傷つけて自分の苦しさを忘れようとする。自分が不幸だと、他人をより不幸にしようとする。生き残った人間が悪く言われるのはお前だけじゃないんだ。いろんなところで生き残ったのが、さも悪いように、ずるいように言われている。偶然、病気で自宅にいた人は、仮病を使ったんじゃないかと言われる始末だ。人間、大きな苦しみに出遭うと、駄目になってしまうものらしいな。

だからな栗山、若林の言ったことは忘れろ。先生は大橋工場の地獄を見てきた。辺り一

面瓦礫の山で、地面なんか見えやしない。そして、あちこちに死体が転がっていて、あちこちから火が上がっていて……。向かいの純心女学校も、浦上も火の海だった。そんな中からお前はよく帰ってきた。ほかの人なら逃げ出しただろうに、お前は友達を助けようと頑張って帰ってきた。そのことを先生はよく知っている。ほかの人がなんと言おうと、お前はよく頑張った。だから何を言われようと気にするな。気持ちをしっかりと持って、堂々としていろ。強く、雄々しくあれ」

朋は、先生のことばが嬉しかったが、その気持ちを口に出すことができずに、ただコクリとうなずくしかなかった。

※

正気を失ったような朋の様子がよほど心配だったのか、西村先生は翌日もやってきた。

夕暮れかけた教室の中で包帯をたたんでいると、先生は何か紙包みを抱えて、

「いやぁ栗山ここにいたか。今日はまいった、行方不明の生徒を探しに長与までいってきたよ」

あの日から五日も経つのに、まだ行方の分からない生徒が何人もいたから、教師たちは

無事を願いながら実家や避難していそうな先を訪ねて、安否を確かめていたのだ。また、生徒の家に、動員先で死んだことを伝えなければならないときもあった。それはとても辛く、嫌な役目で、誰もその仕事が自分に割り当てられないことを願っていた。今日、西村先生は死亡の知らせを伝えてきたのだろうか？

「鉄道は先日復旧したのに全然乗れなくて、行きも帰りも歩きだった。でも高田《こうだ》の農家で干し芋を手に入れてきたから、苦労した甲斐はあったな」

先生は新聞紙の包みの中から、器用に片手で干し芋を掴みだすと、

「ほら、食べろ」

と朋に差し出した。昨今、干し芋は苦労しても手に入らない貴重品だった。

先生は干し芋を噛みながら、

「長崎はサツマイモがよく採れるのに、干し芋はなかなか無いな。最近は全然みかけないじゃないか。栗山は干し芋の作り方を知っているか？」

「はい、薄切りにした芋を水にさらして、蒸して、細長く切って、日当たりのいい場所で干します。長崎では雨の少ない十二月、一月に作ると上手にできます」

「よく知っているな」

「教育実習の時に有馬先生に習いましたから」

「そうか……。有馬先生が亡くなったよ」

「えっ」

有馬玉枝《たまえ》先生、一年のときの先生だった。

「大橋工場に監督として行っておられたのは知っているだろう。あの日ピカに遭って、怪我をした生徒を連れて石神《いしがみ》の先まで逃げておられた。十日の朝に見つかったときは、浦上川の河原に下りて、みんなで輪になっていたそうだ。河原だったら火災から逃げられたからな。ご自身背中に大きな火傷を負いながら、生徒たちを『もうすぐ救援が来るから頑張ろうね』と励ましておられたそうだ。救援の石田《いしだ》先生から手当てを受けながら、何度も『すみません』と言っておられたそうだが、それは手当てをしてくれた先生への感謝の言葉なのか、引率をしながら多くの生徒を死なせてしまった謝罪なのか……。

生徒と一緒に近くの救護所に収容された。大きな火傷なのに、呻き声も漏らさずに頑張っておられたが、今日の明け方に誰にも気づかれず亡くなっておられたそうだ。有馬先生と一緒に救出された生徒も、何人も死んだ。火傷や怪我で苦しみながら。

昨日あたりからは、よく分からん病気も出てきているらしい。浦上や大橋辺りで、怪我もなくピンピンしていた人が、急にだるくなって、動けなくなって、血を吐きながら亡くなるんだそうだ。新型爆弾のせいなのか……。栗山は大丈夫か？」

「はい」

「そうか、それはよかった。でも、体には気を付けろよ。有馬先生といい、生徒たちといい、何日も苦しんで死ななければならないとは、哀れな話だ。合唱部のみんなは即死だったから、苦しまずに運がよかったかもしれないな……。いや、こんな話は何の慰めにもならなかったな。しかし、長崎はまったく駄目になってしまった。街中焼け野原で、死人と、怪我人と、俺のような片端者ばかりの街になってしまった」

西村幸雄先生は昭和十七年に応召した。戦場で爆撃に遭い、左手の肘から先を失ってしまい、除隊させられて県女に戻ってきたのだった。

「長崎中の誰もが痛み、苦しみ、悲しんでいる。だからな、栗山。こんなことを言っても何の慰めにもならないかもしれないが、苦しいのはお前だけじゃないんだぞ。お前はひとりじゃないんだ。このことを忘れるなよ」

「はい、ありがとうございます」

しかし、でも、合唱部で生き残ったのは私ひとりだけだ、という思いは消えなかった。

※

八月十五日水曜日、朝から人々は不安な、落ち着かない気分だった。昨夜と今朝、ラジオのニュースは、正午に天皇陛下自らによる重大な放送があることを告げていた。すべての国民は、謹んで拝聴しなければならない。重大放送とは何だろうか。ソビエトまでもが参戦した今、何が重大で、何が語られるのだろうか。やはり、本土決戦、一億総玉砕を促すものなのだろうか。教師たちも、県庁の職員たちも、口に出さなかったが、恐れと戸惑いで仕事さえどこか上《うわ》の空だった。

正午前、放送を聞くための準備が雨天運動場に整えられた。天井から落ちた材木と工場の機械の間のわずかな隙間に人々は立って放送を待った。朋は今さら重大放送を聞いても何もできないと思い、ひとり病室で傷者の世話を続けていた。

正午の時報に続いて「只今より重大なる放送があります。全国の聴取者の皆様、御起立願います」で始まった放送は、肝心の玉音が雑音でよく聞き取れなかった。けれども、切れ切れに聞こえる言葉と、悲痛な声音で、戦争を終わらせることを察することができた。

ラジオの前の人々には、それはあまりに唐突で、意外な終戦に感じられた。聖戦貫徹を叫んでいたのに、東亜の永遠の平和を確立する戦いだったのに。一億玉砕して日本人がいなくなるまでは終わることがない、と考えていた戦争が終わるとは。それも、敵方の共同宣言を受諾するとは何事であろうか。死んでいった人たちは何のために死んだのか……。しかし、現実にラジオの声は「堪《た》へ難《がた》キヲ堪《た》へ、忍《しの》ビ難《がた》キヲ忍《しの》」んで「総力《そうりょく》ヲ将来《しょうらい》ノ建設《けんせつ》ニ傾《かたむ》ケ」ることを求めていた。

男たちは口を堅く結んでラジオを凝視している。女性教師や生徒たちのすすり泣きが所々から起こる。三年九カ月の戦争が終わった。人々は、ただ立ち尽くしていた。

朋は、終戦をいつもの古文と地理の教師の会話から知った。

「終わりましたな。敗戦ということですかな」

古文の教師がため息まじりに言った。

「そうでしょう。共同宣言を受諾すると言っておられましたから、そう解釈するしかないでしょう」

地理の教師が疲れた声で応えた。

「敗戦となると、アメリカに占領されることになるのでしょうが、どんなことになりますかなぁ」

「アメリカはそんなに無体なことはしないでしょう」

「そうでしょうか？　アメリカはキリスト教を重んじる国でありながら、新型爆弾で浦上の天主堂を粉々に吹き飛ばした国ですぞ。主義主張より自分の利益のためなら何をするやら。そういえば、放送では、新型爆弾のことも言っておられましたな」

「そうですか？　そんなことを言っておられましたか？」

「ええ、確かに。『敵《てき》ハ新《あらた》ニ残虐《ざんぎゃく》ナル爆弾《ばくだん》ヲ使用《しよう》シテ頻《しきり》ニ無辜《むこ》ヲ殺傷《さっしょう》シ』と言っておられました」

「そうですか、私にはよく聞き取れなかった。そうすると陛下は、長崎のことを気にかけていてくださったのですね。無辜の、罪のない一般市民の死を悼み、これ以上の無辜の死を止めたかった……」

「長崎は、終戦のための犠牲になったということですかなぁ」

「そのとおりですね」

（終戦のための犠牲……）

朋は思った。

（これほどの犠牲がなければ、戦争を終えることができなかったというのだろうか？　人が死ななければ止《や》められない戦争とは、いったい何なのだろうか？　人が死ぬ前に、一週間も前に、日本にはすでに兵器を作るための鉄も無かった。機械を動かすための電気も来なかった。飛んでくるB29を阻むこともできなかった。なのに戦争を止められなかったのだろうか？　一週間早ければ……）

八月十五日は呆然と、疑問の中に暮れていった。

※

八月十六日、あの日から一週間が過ぎた。一週間なぞ何の意味もない数字で、一週間経っても長崎はまだ瓦礫の山だった。昨日は、終戦の放送はデマだという噂が街に流れ、徹底抗戦だと叫ぶ声が聞かれた。しかし今朝、新聞にははっきりと戦争を終えることが書かれていて、どう疑うこともできない事実として受け入れるしかなかった。街を焼かれ傷つけられたうえ、米軍に占領されて長崎はこれからどうなるのだろうか？　ことに、軍需工場の街として戦争に協力した長崎は……。蝉の声だけが旺盛に響いていた。

朝、悄然《しょうぜん》とした教務室を見渡した校長は声を励ませて言った。

「どうした、みんな腑抜けた顔をして。元気を出せ、さあ働こう。戦争は終わった。今日からは未来のために働ける。

教頭先生、ご苦労だが動員先の工場に行って動員をどうするか聞いてきてください。学校の希望は、動員は終了し、学校内の工場も廃止する。学校は新型爆弾の被害の復旧と、怪我人の治療に注力したいということです。

それから、西村先生は県庁に行って、非常備蓄している乾パンの処分方法を聞いてきてください。学校の希望は、救護所を通じて被災者に配りたい。もう空襲は来ない、非常備蓄を使うなら今です」

「全部救護所に出すのですか？」

「そうです、全部です。我が校も仮設の救護所になっているから、少し取っておきなさい」

午後三時を過ぎたのに、暑さも蝉の声も衰える気配がない。朋がふっと気づくと、通用口を入ったところに、一人の少年が立っていた。十歳くらいだろうか、半ズボンと半袖姿の少年は、ちょうど学校帰りのような姿だったが、頭も肩から下げているズックの鞄も、古びた下駄も全身がホコリまみれだった。少年は、口を真一文字に結んで校舎を見つめていて、入りかねている様子だった。

「どうしたの？　学校に用事？」

朋が声を掛けると、

「ねえちゃんを探しに来た」

「ねえちゃん？」

「うん、三年四組の江上秀子《えがみひでこ》」

「学校にいるって言っていたの？」

「ううん、爆弾が落ちた日に、大橋工場へ出たまま帰ってこない」

とりあえず、少年を相談室に招き入れて事情を聞いてみた。

少年は勇助《ゆうすけ》といい、家は岡町だった。父親は中国の戦場で片足を無くし、戻った家で小さな鍛冶屋をやっていたという。あの日、少年は夏休み中の臨時授業で、国民学校農園の作業をやりに道ノ尾《みちのお》まで行っていた。ピカのあとの火災を恐れた引率の教師は、児童を近くの国民学校にとどめて一夜を明かした。

翌日もどった街は、松山町、本尾町《もとおまち》、橋口町《はしぐちまち》、坂本町《さかもとまち》、見えるかぎり煙と靄《もや》が立ち込

い

め、全てが灰と瓦礫の山でしかなかった。その瓦礫の中にいくつもの死体が放置されていた。炭でできたマネキンのような死体、子供をおぶった背中だけが肌色で黒く焼けた母親と傍らの炭の塊の赤ん坊、手を取り合って座り込んでいる一団の死体、裸の腹がボールのように真ん丸に膨らんだ男工の死体。幾重にも積み重なった死体には真っ黒に蠅がたかって得体の知れない液が流れ出していた。そうした中を歩いてやっとたどり着いた岡町も、灰と瓦礫の山でしかなかった。

道路の形から見当をつけて探し当てた少年の家も灰の山だった。少年は灰の山の前で、両親と姉が帰ってくるのを待っていたが、いつまで経っても誰も姿を現さなかった。やがて陽が暮れ、仕方がないからその夜は長崎駅で寝た。

「ご飯はどうしたの？」

「救護所で貰った」

話を聞きながら、少年が鞄をひとときも手放さないことに気が付いた。椅子に座りながらも、タスキで縛った鞄をしっかりと小脇に抱えている。

「鞄に何が入っているの？」

「とおちゃんとかあちゃん」

翌朝、かつては家だった灰の山に戻っても、やはり誰もいなかった。所在なく、灰の山を掘っていたら、人の骨が出てきた。大柄な人が小柄な人に覆いかぶさるようにして灰に埋もれていて、大柄な人は片足がなかったから、父親と母親に間違いなかった。少年は、持っていたズックの鞄に両親を拾い集めた。それから今日まで、少年は姉の帰りを待ち続けていた。あの日勤労動員に行くと言っていた大橋工場も探してみたが、会うことはできなかった。

「それで学校に来たの？」

「うん」

「もっと早く来ればよかったのに」

「ねえちゃんが来るなって言った」

姉は、小さな弟を級友に見られるのが恥ずかしくて、学校に来てはいけない、と言ったのだろう。その言葉を今日まで守ってきた。けれども、とうとう堪えきれずに姉を探しに来た、だから学校に入りかねていたのだ。

朋は、本科三年の江上秀子を知らなかった。三年四組の担任の渡辺《わたなべ》先生は、あの日怪我をして自宅療養中だったが、副担任の山本千穂《やまもとちほ》先生は昼食のときに食堂で見かけていた。

山本先生に事情を話すと、

「そう、江上さんは十一日に亡くなったのよ。遺体は引き取り手が現れなかったから、学校で火葬にしたわ」

朋が見た学校前の焚火の中に、秀子の火があったのかもしれない。

「私が行くから、勇助くんを待たせておいて」

やがて山本先生は、白い敷布に包んだ箱を持って相談室に入ってきた。箱は、軽い乾いたカサカサとした音を立てていた。

「勇助君、とっても残念だけれども、お姉さんの秀子さんは、亡くなってしまいました。工場で怪我をしてね。救護所に運ばれたけれども、十一日の夕方に亡くなったの。遺体は学校で火葬にして、これがお骨です」

と白い包みを差し出した。

少年は、口を真一文字に結んだまま、白い包みを見つめている。

「鞄の中は、お父さんとお母さんの遺骨でしょ。先生が、お姉さんも一緒に入れてあげましょうか?」

少年はコクンと肯いた。先生は丁寧にお骨を鞄に移すと、『江上秀子　昭和二十年八月十一日午後五時三十六分　西山の救護所にて死亡』と書かれた紙片を入れて、こぼれ落ちないように敷布で蓋をして、元のとおりにタスキでしっかりと縛った。その様子を、少年はやはり口を真一文字にして見つめていた。

「お昼は食べたの？」

「ううん」

「ちょっと待っていなさい」

やがて先生は、お盆の上にお握りと味噌汁と麦茶を載せて帰ってきた。豆カスの多いボソボソとした握り飯と、塩湯のような味噌汁を少年はむさぼるように食べた。

「これからどうするの？」

「島原のおじさんちに行く」

「おじさん？」

「かあちゃんのにいちゃん」

「そう……少し待っていなさい」

先生が出ていったあと、ふたたび少年は、鞄をしっかりと抱えて、身じろぎもせずに前を見つめている。戻ってきた先生は、財布の中から何枚かの紙幣を出し、

「ここに五円あります、これで島原へ行く切符と食べ物を買いなさい。大切に使うのよ。そして、これは島原高等女学校の佐伯良子《りょうこ》先生に宛てた手紙です。事情を書いておいたから、困ったことがあったらこの手紙を持って、佐伯先生を頼りなさい。いいわね」

少年はコクンと肯いた。

先生が紙幣と手紙を、少年の胸ポケットに入れてやると、少年は起立して、学校で教わった通りの正式な気を付けをしながら、二人を見つめたあとに、

「ありがとうございました」

と礼をした。

最後まで涙を見せなければ、声を立てることもしなかったのは、こんな子供でも男らしさ、というものを教わってきたからだろうか。

アブラ蟬にヒグラシの声が混じる中を去っていく少年を見送りながら、

「勇助くんは、これからどうなるんでしょうか？」

と朋は呟いた。先生は目頭にハンカチを当てながら、

「どうなるのかしらね、心配ね。でも、私たちにできるのはこれが限界ね……。そして、長崎には、彼のような子供が、どれほどいるんでしょうね」

朋は、西村先生の言った「苦しいのはお前だけじゃない」の言葉を思い出していた。

※

八月十七日金曜日、あの日から教室の傷者は、着の身着のままで床に置かれていたが、この日、若干の衣類の救援があった。新しいものに着替えさせて、汚れたものを朋は校庭の水場で洗った。血と膿で汚れ、引き裂かれていて、水洗いでは綺麗にならないだろうが、何かに使えればと思ったのだ。

洗濯が終わりかけたとき、かすかに飛行機の爆音が聞こえた。慌てて隠れる場所を探そうとして、戦争は終わった、隠れなくてもいいんだ、と気が付いた。逃げ隠れせずに済むことが、こんなに平安なこととは思ってもいなかった。爆音は戦闘機の音だった。立ち上がって音の響いてくる港の方を探すと、グラマンの機影が、空襲の時ですら見たこともない低空で飽ノ浦の上を飛んでいた。飛行機は、星のマークを鮮やかに見せながら、港の上、市街の上をゆっくりと何遍も旋回している。どこを破壊し、どこが残り、人々がどうしているかを調べているのか、傍若無人な、我が物顔な飛び方だった。

敵機がこんなにも悠々と飛んでいるのに、対空砲火の音もしなければ、警戒のサイレンも鳴らない。音のしない街に、戦闘機のエンジン音だけが響いていた。これが敗戦と言うことか。

その夜、虫の声が繁く聞こえた。秋が近づき、何もかも焼き尽くされた街にも季節は移ろっていくらしい。昼間の洗濯物を整理しながら、雨の音に気づいた。弱く降る雨音と、雨垂れの音だった。長崎の街に雨が降るのは八月四日以来だったが、朋はずっと久しく雨の音を聞かなかったように思った。あの日、雨が降っていれば、街を焼く火を消してくれたかもしれない。軒から落ちる雨垂れの音は、小さく柔らかで、シノちゃんのピアノの音を思い出させた。雨音を聞きながら母からもらった金平糖を一粒口に入れてみた。金平糖はやさしく甘かった。

※

夜が明けると朋は講堂へ行ってみた。昨夜の雨が気にかかったのだ。天井が壊された講堂は、やはり雨が漏って、所々水溜りができていた。落ちた木材が積み重なったピアノにも雨水は降り注いで縞模様を作っていた。シノちゃんが大事に磨いてきたピアノは、傷だらけで、ホコリと水にまみれて、見る影もなかった。雨さえも、朋から大切なものを奪っていくようだった。

救護所の朝の仕事を終わろうとしているところに、塚原先生が探しに来た。

「栗山さん、学校の授業が秋から再開されることになりました」

「再開ですか？」

「そう、まだはっきり決まってはいないけれど、新学期は十月からになると思います」

「……」

「これでやっと勉強ができるようになるわね」

「はい」

「それで新学期の準備もあるから貴女《あなた》は家に帰りなさい」

「えっ」

「家に帰って新学期に備えてください。去年の秋から授業ができなかった分も入れて、一挙に半年でやることになりそうだから、こころしておいてください」

「救護所はどうなりますか？」

「ここは廃止になります。もともと仮設だから傷者は全員、明日経専に移すことになりました。貴女《あなた》には今日まで一生懸命にやってもらって、感謝しています。献身的な奉仕で頭が下がるわ。これまで本当にありがとうございました。そういうわけで、ここの仕事も無くなるから、貴女《あなた》は家に帰りなさい。工場動員も、もうすぐ正式に終了になるけれども、救護所も終了して、県女はやっと昔に戻れるわね」

そう言うと塚原先生は帰っていった。

先生の後ろ姿をなかば呆然として見送ると、朋は無意識のように手近にあった洗い物を抱えて校庭の水場へ出ていった。

(家に帰る……。救護所が廃止になる……。救護所での、ここでの生活が無くなる。家に帰って、また家族と生活するということは、日常の生活に戻っていくということだ。けれども、ヤッチンたちのいない世界を日常の生活にはしたくない。彼女たちがいないのならば、この全てが壊されてしまった、仮設救護所の異常な世界に留まり続けていたい。けれども、破壊された街はゆっくりにしても復旧し始めている。仮設救護所も明日でなくなる。戦争すら無条件降伏で終わろうとしていて、平和というものが来ようとしている。馴染みのない平和というものが……。

新学期には、ここで前と同じように授業があり、教室に生徒たちが座り、先生の話をノ

ートに取る。それが日常になる。そして、彼女たちだけがいない。それが新しい日常なら
ば、私がいられる場所はどこにも無くなってしまう……）

そんなことをボンヤリと考えながら洗濯物を洗っていると、

「トモちゃん」

と後ろから声をかけられた。振り返ると、昭子先生が立っていた。白いブラウスと黒い
モンペの先生は、少し痩せて見えた。

「昭子先生……」

先生がここにいることが信じられずに、立ち上がったが、あとの言葉が続かなかった。

「トモちゃん、無事だったのね。よかったわ。もっと早く来たかったのだけれども、学校
の用事が片付かなくって」

「先生」

やっと一声だけ叫ぶようにして駆け寄り、

「先生、みんな死んじゃったんです。大橋工場でピカに打たれて……」

「そうだってね、教務室で聞いたわ。可哀そうにね」

「なんで死ななければならなかったんでしょうか？　みんな何にも悪いことはしていない

のに。みんな一生懸命生きていて、夢があって、やりたいことがあったのに、なんで死ななければならなかったんでしょうか？　ミサちゃんはお母さんのところに帰るはずだったのに。チエちゃんは斎藤さんが迎えに来るのを待っていたのに。みんなもっと生きたいと思っていたのに、生きたかったのに……。なんでなんでしょうか？」

「なんでだろうね、どうしてだろうね。ひどいよね、酷すぎるよね」

「私だけなんです、私だけが生き残ったんです」

「トモちゃんひとりでも生きていてくれて良かったわ」

「いいえ違うんです。あの日あそこで、私も死ぬべきだったんです。街中でたくさんの人が亡くなりました。本科生も、引率の先生も、たくさん亡くなったのに私だけが生き残ったのは間違いなんです」

「そんなふうに考えては駄目よ」

「いいえ、みんなと一緒に死ぬべきだったんです。ヤッチンもミサちゃんもシズちゃんも誰もいないのに。誰とも話すことも、笑うことも、歌うこともできないのに、私だけが生きているなんて。私だけが……。みんなと一緒にいたかった……。

　こんなに苦しい辛い思いをするなら、彼女たちに出会わなければよかった、彼女たちを知らなければよかった、この二年四カ月が無ければよかった。

　だから、あの日から彼女たちのことは思い出すまいとしたんです、忘れてしまおうと。でも駄目なんです。どこにいても、何をしていても思い出してしまう。忘れようとしているのに、忘れたいのに……。忘れることができないなら、いっそ死んでしまいたい。そうしたら、みんなと一緒になれるのに。私たち七人はずっと一緒と約束したから、そうしたら、みんなも喜んでくれるだろうに。ヤッチンもアルトが一人欠けているのはいやだろうに」

「それは違うわよ。あなたまで死んで、みんなが喜ぶと思う？　ヤッチンはそんな娘《こ》じゃなかったでしょ。ヤッチンやみんなは、あなた一人でも生き残ったことを喜んでいるはずよ。一人だけになっても生き続けてくれることを願っている。

　大切な人を失った痛みは大きいわね。かけがえのない人たちだったのに、もう会うことができないなんて……。でも、それでも生きてちょうだい。大切な人たちのために生きてちょうだい。彼女たちが生きられなかった分まであなたは生きて。ヤッチンやミサちゃんやシズちゃんや、みんなが知ることができなかった生きる喜びやしあわせを、あなたが知ってください。

あなたはこれから一人で生きていかなければいけない。でも、あなたがこれから出会う苦しみも、悲しみも、ヤッチンたちは一緒に背負ってくれるはずよ。二年四カ月あなたと共に生きたヤッチンたちは、これからもあなたの中で生きて、あなたをけっして一人きりにはしないわ。

ずっと一緒と約束した彼女たちは、これからもトモちゃんと一緒に喜びも、感動も共にしてくれる。それがヤッチンでしょ、ヤッチンたちなら必ずそうしてくれるでしょ」

ヤッチンたちが共に生きてくれる。ヤッチンたちと共に生きる。……昭子先生のことばが少しずつ朋の中に入ってきた。

「そしてね、ヤッチンたちをいつまでも覚えていてね。彼女たちの笑顔や歌を、いつまでも忘れずにいて。だって、ヤッチンたちを覚えている人が誰もいなくなったら、彼女たちが可哀そうじゃない」

朋の眼から涙があふれた。あの日以来流すことのなかった涙が止めどなく流れて、朋は昭子先生に抱きついた。涙は嗚咽に変わり、号泣に変わった。そんな朋の背中を抱きしめながら、先生の眼からも涙がこぼれていた。朋の慟哭《どうこく》は、いつまでも校庭に響いていた。

エピローグ

ドアが外れるかと思う勢いで音楽室に飛び込んだ。顔から汗の雫がしたたり落ちる。

「マミ、七時二十九分！　ピッタリセーフ。毎朝正確ね、電鉄の時刻表よりよっぽど正確よ」

マユと呼ばれている繭子《まゆこ》が、息を切らしている私を面白そうに笑っている。

「冷やかさないでよ、マユ。これでも間に合おうと必死に走って来たんだから。運動会だってこんなに真剣には走らない」

「でも頑張った甲斐があっていつもギリギリのセーフじゃない。毎日こんなに力走じゃあ、歌が上手くなる前に足が速くなっちゃうんじゃないの」

「もう止めて、分かったからもう止めて。悔しいけど返す言葉が無いわ」

「マミ、パートリーダーが毎日遅いんじゃアルトがまとまらないでしょ。気をつけてよ」

部長のサキが腕組みをしながら言った。

「さあ、先生が来るから早く並んで」

サキはいつも冷静で、愛想がない。

なんとか息を整えてアルトの列に潜り込むのと、教室のドアを開けて鬼塚先生が入ってくるのが同時だった。

「それじゃあ、今日は課題曲の通しから始めましょう」

先生の指揮棒が上がる。ソプラノが導入部をピアニッシシモで歌い出してメゾ・ソプラノが続く。六小節目からアルトが入るためのカウントを私は始める。女声三部合唱のハーモニーが深まる。何十回歌ったか分からない課題曲は、私たちにとって手慣れたものだ。やがてコーダをソプラノが再びピアニッシシモで締めくくる。

指揮棒を下ろして先生が、

「うーん、まぁよくなったわね。スタッカートの歯切れはよくなったし発音もハッキリしてきた。テクニック的には上手くなったわね。でも、なんだか心に響かない。上手い歌を聴いたけど、何の歌を聴いたのか残らないわ。歌に心が無いのね、心がこもっていない。あなたたち、テクニックにこだわるのはいいけど、もっと歌の心を大事にして欲しいわ。課題曲でも、いいえ、課題曲だからこそ大事に歌って欲しい。心の無い歌なんて誰も感動しないわよ。

あなたたちはこの写真を知っているでしょう、あなたたちの大先輩。彼女たちは、戦争で満足に練習ができなくても、たった十一人しかいなくても、ホールいっぱいの人を感動させることができたってことよ。どうしてそんなことができたか、分かる？　それは、歌う心を知っていて、歌の心が分かっていたからよ。あなたたちは楽譜通りに上手に歌っているけれど、どうしてここはアンダンテなんだろう、なんでここからアルトが出てくるんだろう、この歌は何を伝えたいんだろう、そういったことを考えずに歌っているわ。なにより、あなたたちは楽しんで歌ってない、仕事として歌っているのね。楽しくない歌なんて、何も伝わらない、そんなの歌じゃないわ。本当の歌をもっと歌って欲しいの！

コンクールまで時間がないけれど、今年も九州止まりの〝ダメ金〟はいやでしょ。それじゃ午前中は各パートで、どう歌うか話し合ってください。午後から、また全体で合わせます」

そう言うと先生は、指揮棒を置いて出ていった。

「きついねぇ、この時期にああいう言い方、する？　やっぱり鬼だね、鬼のカズちゃんだよ」

メゾ・ソプラノのリーダーのマユがぼやく。

「まぁ、歯に衣を着せない率直なところが鬼塚先生のいいところだけどね」

なんだか先生の言いたいことが分かる気がして、そんな風にマユに返していると、サキがやってきて、

「鬼塚先生の愛の鞭が聞こえたでしょ。それぞれのパートに分かれて話し合って。十一時から全体でまとめるからそれまでにね。ソプラノのミキもお願いよ」


私は、先生が指さした写真を見上げていた。それは、朋ばあちゃんたちが昭和二十年に公会堂の前で昭子先生に写してもらった写真だった。ばあちゃんが持っていた写真を引き伸ばして、ここに飾ったのだ。

ばあちゃんは専攻科を卒業して県女の教師になった。夢だった教師になれた。学制が変わってからは高校の教師として県内のいくつかの学校に勤め、家政の教師から出発して国語教師の資格を取った。そして、いくつかの学校を転任しながら、昭子先生みたいな先生になりたいと頑張ったのだそうだ。けれども結局、昭子先生のようにはなれなかった、と笑いながら話してくれた。

ばあちゃんはこの学校にも何回か赴任して、その何回目かのときに、この写真を置いて行ったらしい。ばあちゃんは国語の教師だったが、この合唱部の副顧問をやったこともあったし、鬼塚和子先生は終わりの方の教え子だった。

県女は昭和二十三年になくなった。学制が変わって高等女学校というものがなくなり、県女は、いくつかの中等学校と一緒に、いくつかの高校に分けられた。専攻科は短大に変わったが、今はない。この高校も県女からできた学校のひとつだったから、ばあちゃんは私の先輩ということになる。

写真の中のばあちゃんは笑っている。公会堂の前で、ヤッチンも、ミサちゃんも、シズちゃんも、みんな楽しそうに笑っている。みんな歌えるのが楽しかったのだ。ばあちゃんは「歌はね、楽しくなけりゃ歌じゃないんだよ。悲しい歌でも歌を楽しまないとね」が口癖だった。

ばあちゃんは二十六歳のときに栄二じいちゃんと結婚した。じいちゃんも長崎生まれだったが、兵隊に取られて終戦のときは満州にいた。そのままソ連軍にモンゴルのウランバートルへ連れていかれ、二年間抑留されて働かされた。じいちゃんは戦争の話をあまりしなかったが、ときどき生きて帰れたのは幸運だった、と言っていた。終戦があと数日遅れていただけでも自分の命は無かったかもしれない、と。

じいちゃんがやっと復員してきたら、見知らぬ街になってしまった城山町では、印刷屋だった生家は無くなっていて、その跡には見知らぬ人が住んでいて、両親も弟妹も行方が知れなかった。一家全滅は長崎ではよくある話だった。たった一人の磋武《さたけ》兄さんも。南方で戦死したことを復員局で知らされた。天涯孤独になってしまったじいちゃんは、父親の仕事仲間だった印刷屋に頼んで、住み込みの従業員として働かせてもらった。

その印刷屋でばあちゃんと出会ったのだ。学校の印刷を頼みに行ったばあちゃんを見初めたらしい。じいちゃんは、ばあちゃんに猛烈にアタックし、ある年の文化祭のポスターとパンフレットを無料で印刷してやった。そのサービスが効いたわけではないだろうが、ばあちゃんは、じいちゃんの結婚の申し込みを受け入れた。そして、じいちゃんは西谷《にしたに》の姓を捨てて栗山に婿入りをした。西谷の家には墓も遺骨もなかったから、じいちゃんはその家を無くしてしまいたかったらしい。

栄二じいちゃんは何もかも無くしたひとだった。そんなじいちゃんを支えたのは、ばあちゃんの歌だった。それが鼻歌であっても、「お前の歌を聴くと、こっちも楽しくなるよ」と喜び、その歌に支えられ、励まされ、頑張って働いて、やがて小さな借家で自分の印刷屋を始めた。しかし、私の父とその上の姉を入れて三人の子供、それにばあちゃんの両親を加えた七人家族の暮らしは、ばあちゃんの給料を入れてもカツカツだった。それでも家族七人の生活は、いつも歌が絶えずに楽しかったと、じいちゃんは幼い私に話して聞かせた。私の父は音痴だが、それもまた楽しかったと笑っていた。だから、歌は楽しむべきものだと知っていたはずなのに、私は楽譜通りに、上手に歌うことだけしか考えていなかったようだ。こんな私を見たら、ばあちゃんは何て言うだろうか……？

ばあちゃんは、三人の子供を育てながら、いつも健康を気にしていた。原爆症を心配していた。子供三人を抱えて倒れるわけにはいかなかったから。けれど幸いに、貧血気味なのを除いては、たいした病気もしなかった。あの時、地下室にいたことと、爆心地に近づかなかったことがよかったらしい。でも、死を恐れていたわけではない。晩年になってからは「なかなかお迎えが来ないね。まだ行かなくてもいいってことかね」と言っていたし、最後に入院した時は「やっと迎えに来てくれるらしいよ」と笑っていた。ばあちゃんにとって、死は〝お迎え〟であり、〝お迎え〟はヤッチンたち合唱部のみんなが来てくれることであり、彼女たちのところへ戻っていくことだったんだろう。

けれども、ばあちゃんはヤッチンたちと離れていたわけではない。いつもヤッチンやミサちゃんたちと一緒だった。教師になれて嬉しかった時も、栄二じいちゃんと出会ってときめいた時も、初めての子供を抱いて感動した時も、その娘に継ぎはぎだらけの服しか着せられなくて悲しかった時も、それでも家族みんなで食事をしながらしみじみとしあわせを感じた時も、いつもそれを彼女たちと分かち合っていた。

ばあちゃんは、何かがあるとあの写真を取り出して見つめていた。時には随分ながい時間を、身じろぎもしないで。なぜ同じ写真を何度も見つめているのか、初めは不思議だったが、ばあちゃんは写真の中の彼女たちと話をしていたのだ。嬉しかったことや悲しかったこと、苦しかったことを彼女たちに語り掛け、彼女たちの語り掛けを聞いていた。そうした姿を見て、ばあちゃんの想い出話を聞いて、私の中にもいつしかヤッチンたちが生きるようになった。ヤッチンの遭難談も、チエちゃんの短い恋の物語も、ミサちゃんのユーモアもばあちゃんが話してくれた。こんな時にヤッチンはどうするだろうか、ミサちゃんは何て言うだろうか……。たった一枚の写真でしか知らない彼女たちが、私の中で活き活きと生きているのは、ばあちゃんの話が上手かったからだろうか。ばあちゃんが忘れなかったように、私も彼女たちを忘れないだろうし、これからも彼女たちと生きていくだろう。

ばあちゃんは、苦労の多い人生だったけれども、ヤッチンたちと生涯を共に生きてしあわせだったと思う。「朋」という名前は両親が付けた。達夫《たつお》と倫子《のりこ》という、ごく普通の名前の二人が、自分たちの娘に一風《いっぷう》変わった一字名を付けたのは、良い友達に恵まれるようにと願ったからだそうだ。「朋」という字は、価値の高い宝物の貝を連ねて下げた形を象《かたど》ったもので、連なって立つ宝物のような友人や仲間を表した文字だと言う。その文字のとおり、ばあちゃんはどんな宝物よりも価値のある宝を得て、生涯持ち続けた。

橘は県女のシンボルだった。花は白く清楚で薫り高く、葉は日照りにも霜雪にも耐えていつも瑞々しい。女生徒がそんなふうに育って欲しいとシンボルにされたということだ。ばあちゃんは県女の卒業生らしく橘のような人だった。清楚かどうかは別にして、凛とした姿は美しかったし、どんな困難にも耐えた。

ばあちゃんは苦労の多い人だった。そして、苦労に負けない人だった。あれほどの悲しみにも、苦しみにも、負けなかった。私もばあちゃんの孫として、苦労に負けない人になりたい。苦労に負けずにしあわせになる。だって、私のしあわせは、ヤッチンたちのしあわせでもあるのだから。

筆者お断り
文中、差別的で不適切な用語がありますが、
当時の言葉の使い方に鑑みて用いました。ご了解願います。

参考文献

橘同窓会編『たちばなの歩み100年―長崎県立長崎高等女学校創立百年記念誌』橘同窓会
三十周年記念誌編集委員会『三十周年記念誌』長崎県立女子短期大学
樋口美枝子、横田房子編集責任『あの日あの時―被爆体験記』長崎県立長崎高等女学校四十二回生
長崎原爆資料館編『長崎原爆戦災誌 第一巻 総説編改訂版』長崎市
長崎機市役所編纂『長崎原爆戦災誌 第二巻 地域編』長崎国際文化会館
林京子『やすらかに今はねむり給え』講談社文芸文庫
井上ひさし『父と暮せば』新潮文庫
動員学徒史編集室編『生き残りたる我等集ひて―動員学徒記念史』長崎県動員学徒犠牲者の会
福島の学徒勤労動員を記録する会編『福島の学徒勤労動員の全て』福島の学徒勤労動員を記録する会
熊本大学五高記念館編『第五高等学校における勤労奉仕・勤労動員』熊本大学五高記念館
五反田克彦『長崎 もう一つの戦災 近海丸遭難事件―三重式見航路に散った273人』長崎新聞社
北杜夫『幽霊―或る幼年と青春の物語』新潮文庫
北杜夫『木精―或る青年期と追想の物語』新潮文庫
北杜夫『楡家の人びと』上巻、下巻 新潮文庫

伊藤信吉、伊藤整、井上靖、山本健吉編集委員『日本の詩歌8　斎藤茂吉』中公文庫
近藤耕蔵『新編　家事教科書』中等学校教科書株式会社
長崎新聞社ホームページ『私の被爆ノート』https://www.nagasaki-np.co.jp/feature/peace-site/hibaku-note/
気象庁ホームページ『過去の気象データ検索』https://www.data.jma.go.jp/stats/etrn/index.php

『空の神兵』日本音楽著作権協会（出）許諾第２４０００２３-４０１号

〈著者紹介〉
杉野　六左衛門（すぎの ろくざえもん）
1960年、新潟県生まれ。長岡市在住。会社員。

しあわせについて
―戦火《せんか》の中《なか》のたちばな―

2024年9月4日　第1刷発行

著　者　　杉野六左衛門
発行人　　久保田貴幸

発行元　　株式会社 幻冬舎メディアコンサルティング
〒151-0051　東京都渋谷区千駄ヶ谷4-9-7
電話　03-5411-6440（編集）

発売元　　株式会社 幻冬舎
〒151-0051　東京都渋谷区千駄ヶ谷4-9-7
電話　03-5411-6222（営業）

印刷・製本　中央精版印刷株式会社
装　丁　　鳥屋菜々子

検印廃止

Printed in Japan
ISBN 978-4-344-69071-4 C0093
幻冬舎メディアコンサルティングＨＰ
https://www.gentosha-mc.com/